महाविद्यालय

विनोद कुमार शुक्ल

राजकमल प्रकाशन

ISBN : 978-93-93768-07-0

मूल्य : ₹395

पहला संस्करण : 1996
दूसरा संस्करण : 2022

प्रकाशक : राजकमल प्रकाशन प्रा. लि.
1-बी, नेताजी सुभाष मार्ग, दरियागंज
नई दिल्ली-110 002

शाखाएँ : अशोक राजपथ, साइंस कॉलेज के सामने, पटना-800 006
पहली मंजिल, दरबारी बिल्डिंग, महात्मा गांधी मार्ग, प्रयागराज-211 001
36 ए, शेक्सपियर सरणी, कोलकाता-700 017

वेबसाइट : www.rajkamalprakashan.com
ई-मेल : info@rajkamalprakashan.com

मुद्रक : बी.के. ऑफसेट
नवीन शाहदरा, दिल्ली-110 032

MAHAVIDYALAYA
Stories by Vinod Kumar Shukla

दंगूदादा और अशोक के लिए

क्रम

इस संग्रह की कहानियाँ 1957 और 1974 के बीच में लिखी गई हैं।

रुपये

उसके बीस रुपये खो गए थे। इधर-उधर बहुत ढूँढ़ने के बाद जब रुपये नहीं मिले, तब वह खाना खाकर दोपहर ही को सो गया था।

शाम को जब उसकी नींद खुली थी तो उसे अचानक लगा था कि सुबह हो गई है। बाद में उसे ख़याल आया था कि शाम है। इसके ठीक बाद जो बात उसे याद आई थी, वह यह थी कि उसके बीस रुपये कहीं खो गए हैं। वह हैरान था कि नींद खुलते ही सबसे पहले यही बात उसे क्यों नहीं याद आई? आँख मूँदे पड़े-पड़े जब काफ़ी देर हो गई तो उसने आँखें फिर खोलीं। अबकी बार शाम और भी गाढ़ी हो गई थी। ज़बरदस्ती वह अन्दाज़ लगा रहा था कि अब यह शाम वैसी है, जैसे सुबह पाँच बजे का वक़्त होता है, और कमरे के अन्दर सुबह और शाम के उजाले में बहुत कम फ़र्क़ होता है।

चद्दर ओढ़े वह पसीने से तर था। चाहे कितनी भी गर्मी पड़े, जब तक अन्दर से दरवाज़ा बन्द नहीं होगा और वह चद्दर नहीं ओढ़ेगा, उसे नींद नहीं आएगी। यह उसकी आदत थी। लेटे ही लेटे उसने महसूस किया कि कनपट्टी के पास से पसीने की एक धार फूटने ही वाली है। वह नहीं चाहता था कि पसीने की एक धार उसके कान के नीचे तक बहती चली जाए। इसलिए जल्दी से चद्दर के बाहर हाथ निकालकर उसने कनपट्टी पर हाथ फेरा तो उसकी उँगलियों के पोर पसीने से गीले

हो गए। कुहनी से थोड़ा उठकर उसने देखा कि तकिए पर जहाँ सिर का दबाव था, वह हिस्सा पसीने से गीला था। उसे थोड़ी-सी उत्सुकता हुई और वह उठता हुआ पैताने तक आ गया। बिछी चद्दर पर पसीने के दो-तीन धब्बे थे, लेकिन अभी वह उठेगा नहीं। चद्दर तानकर वह फिर लेट गया। उसकी आँखें बन्द दरवाज़े की तरफ़ थीं। दरवाज़े का रंग उखड़ा हुआ था। अब दरवाज़े की तरफ़ लगातार देखते-देखते उसे क्षण-भर के लिए लगा कि दरवाज़े की जगह एक दस रुपये का नोट नीचे से ऊपर तक तना है। अगर उसने बाहर निकलने की कोशिश की तो वह नोट फट जाएगा। काग़ज़ के फटने पर कैसी आवाज़ होती है, यह उसे मालूम था। नोट फटने की आवाज़ उसने आज तक नहीं सुनी थी; कोई ऐसा मौक़ा नहीं लगा था। उसने सोचा कि नोट का फट जाना कोई नुक़सान की बात नहीं है यदि उसके नम्बर सलामत हैं।

ज़ोर से सिर को झटककर वह उठ खड़ा हुआ। जब भी दिन को वह सोता था, जागने पर उसे एक प्रकार की बेचैनी-सी होती थी।

छुट्टी के दिन वह हमेशा खाना खाकर सो जाया करता था। अब वह नहाएगा और जल्दी तौलिया, साबुन लेकर वह कमरे से बाहर आया। नहानघर बेहद गन्दा था। आसपास बच्चोंवाले बहुत-से किराएदार थे। इनके कारण कुछ भी साफ़ नहीं रहता था। उसे याद आया कि उसका कमरा तो खुला हुआ है! जाकर उसने अपने कमरे में ताला लगाया। अभी तक वह आध-पौन घंटे के लिए भी कमरा खुला छोड़ जाया करता था।

नल का पानी बहुत गरम था। ऊपर टंकी में धूप से पानी खौल-सा जाता था। नल को उसने ज़ोर से खोल दिया ताकि पाइप का गरम पानी निकल जाए। फ़र्श पर कपड़े धोने के छोटे-छोटे साबुन के टुकड़े पड़े थे। कोने में किसी बच्ची की गन्दी छींट वाली चड्डी पड़ी थी। बाएँ हाथ से, चुटकी से उस चड्डी को पकड़कर उसने ज़ोर से बाहर फेंका तो

गीली चड्डी सीढ़ियों पर फच्च से जाकर गिरी! उसे घिन लग रही थी। साबुन से अच्छी तरह उसने अपना हाथ धोया।

कमरे के आठ रुपये वह देता था; इससे ज़्यादा देने की उसकी हैसियत नहीं थी। अगर होती, तो यह कमरा छोड़कर कहीं और चला गया होता। वह केवल नब्बे रुपये तनख़्वाह के पाता था। एक पड़ोसी किराएदार के, जो मुंसीपल ऑफ़िस में काम करता था, पैर और हाथ में सफ़ेद दाग़ थे। जब वह उसके कमरे के सामने से गुज़रता था तो अपनी साँस तक रोक लेता था ताकि उसकी बीमारी के कीटाणु साँस के ज़रिये उसके अन्दर न चले जाएँ। मैट्रिक पास कर सीधे यहाँ उसे क्लर्की की नौकरी करनी पड़ी थी। नौकरी करते हुए उसे केवल दो महीने हुए थे। वह घर से पैंतालीस मील दूर था।

नल खुला था। नहानघर के फ़र्श को उसने पैरों से रगड़-रगड़कर पानी से अच्छी तरह साफ़ किया। नल का पानी अब कुछ ठंडा हो गया था। नहाते-नहाते वह सोच रहा था कि इतमीनान से कमरे में वह रुपये ढूँढ़ेगा; जल्दबाज़ी में धोखा हो जाता है।

नहाकर वह आया। कमरे के अन्दर घुसते ही दरवाज़े की सिटकनी उसने बन्द कर दी। फिर नीचे की सिटकनी भी बन्द की, यद्यपि ऊपर की सिटकनी बन्द करने से भी दरवाज़ा नहीं खुलता।

कमरे में इधर-उधर किताबें और कपड़े बिखरे पड़े थे। सुबह रुपये ढूँढ़ते वक़्त यह सब हुआ था। एक ख़ाकी पतलून, जिसे वह आज फिर पहनने वाला था, कोने में बेतरतीब पड़ी थी। कपड़े वह अपने हाथ से धोता था। उसका ख़याल था कि धोबी कपड़े जल्दी फाड़ देता है। पतलून को उठाकर रखते हुए उसने सोचा कि वह लोहा भी ख़ुद कर लिया करेगा। बेकार लोहे के पैसे धोबी को जाते हैं। एक धुली कमीज़ अरगनी में सूखी पड़ी थी। उसे निकालकर उसने तह किया और तकिए के नीचे सलीके से रख दिया। फिर पेटी से एक चमड़े की पुरानी पॉकेट

निकालकर वह बिस्तर पर बैठ गया। यह पॉकेट उसकी माँ ने उसे दिया था। पिताजी को वह हर महीने पचास रुपये भेज दिया करता था। उसके तीन छोटे भाई और थे। एक नौवीं में पढ़ता था। एक पहली अंग्रेज़ी में था। सबसे छोटा दूसरी हिन्दी में था। पिताजी प्राइमरी स्कूल के हेड मास्टर थे। वह सोचता था कि वह प्राइवेट बी.ए. करेगा और अपने छोटे भाइयों को बहुत पढ़ाएगा।

उसकी माँ कहती थी कि जो चीज़ खो जाती है, उसे सोचकर दुःख करना बेवकूफ़ों का काम है। रुपये खो गए तो खो गए। वह अब नहीं सोचेगा। लेकिन पिताजी को चिट्ठी में लिखेगा कि बीस रुपये खो गए, तो वे बहुत नाराज़ होंगे। दुअन्नी खो देने से ही एक बार उसे मार पड़ी थी। इस महीने वह पचास रुपये नहीं भेज सकेगा; चालीस रुपये ही भेजेगा। वह हिसाब लगाने लगा कि बीस रुपये की कमी को वह कैसे पूरा करेगा? महीने में वह चार बार सिनेमा देखता है। इस महीने वह एक भी नहीं देखेगा। होटलवाले को बीस रुपये खाने के देने होंगे। इतवार-इतवार को वह खाना नहीं खाएगा तो पैसे कटेंगे। शाम को वह चाय नहीं पिएगा। आलतू-फालतू कुछ भी ख़र्च नहीं करेगा और बिलकुल कंजूसी से रहेगा।

कपड़े बदलकर उसने सोचा कि अब घूम आना चाहिए। रास्ते में उसे कुल्फ़ी खाने की इच्छा हुई लेकिन उसने नहीं खाई। सड़क पर उसे दो-तीन बार मुड़े-तुड़े काग़ज़ दिखाई दिए थे जिन्हें वह यूँ ही ठोकर मार देता था। उसे याद आया कि एक बार ऑफ़िस से लौटते वक़्त उसे सड़क पर चाँदी का रुपया दिखा था। रुककर वह रुपया उठाने लगा तो रुपया निकला नहीं था और किनारे पान की दुकान पर बैठे कुछ लड़के उसे चिढ़ाने लगे थे। बाद में उसे मालूम हुआ था कि जब गर्मी से सड़क की डामर पिघल जाती थी तो शरारत करने के लिए लड़के उसमें रुपया दबाकर चिपका देते थे। शाम को वह रुपया और मज़बूती से चिपक जाता था।

लौटते वक़्त उसे कुल्फ़ी वाला वहीं बैठा दिखा। उसकी फिर इच्छा हुई कि वह कुल्फ़ी खाए। दो आने की तो बात है। लेकिन इसी तरह बहुत ख़र्च हो जाते हैं। उसने कुल्फ़ी नहीं खाई।

दूसरे दिन अपने पिता को मनीऑर्डर किया जिसमें लिखा था : "पूज्य पिताजी, सादर चरण-स्पर्श। मुझे बहुत दुःख है कि गलती से मुझसे बीस रुपये कहीं खो गए। केवल चालीस रुपये भेज रहा हूँ। आशा है, आप मुझे क्षमा कर देंगे। पूज्यनीय अम्मा को सादर चरण-स्पर्श। आपका चरण-सेवक—मन्नन।" यह लिखते समय उसकी आँखों में आँसू आ गए थे।

तीसरे दिन अपने पिता को दस रुपये का और मनीऑर्डर करते हुए उसने बारीक-बारीक अक्षरों में लिखा : "पूज्य पिताजी, सादर चरण-स्पर्श। आपको ख़ुशी होगी, आज बीस रुपये मिल गए। पेटी में चिट्ठी खोंसने की जगह में अलग निकालकर रख दिये थे, होटलवाले को देने के लिए। यह दस रुपये और भेज रहा हूँ। पूज्यनीय अम्मा को सादर चरण-स्पर्श। आपका चरण-सेवक—मन्नन।"

उस रात जब वह सिनेमा देखने गया तो बहुत भीड़ थी। दस आनेवाली टिकट ब्लैक में एक रुपये में मिल रही थी। उसने सोचा कि इतनी दूर आए हैं तो देख लें। दस आनेवाली टिकट एक रुपये में लेकर वह सिनेमा में घुस गया।

[*कल्पना*, 1964]

बोझ

वह खाना खाकर आया था। आते ही ऑफ़िस जाने के लिए उसने कपड़े बदले। जूते पहने। बालों में तेल लगाया। कंघी की। साइकिल की चाबी उठाई। फिर कमरा बन्द करने के लिए ताला हाथ में लिया। साइकिल बरामदे में थी। साइकिल निकालकर वह ऑफ़िस की तरफ़ चल पड़ा। यह सब इतना नियमित था कि इसके लिए उसे कुछ सोचना या कोई गुणा-भाग नहीं करना पड़ता था।

वह तेज़ी से जा रहा था। वैसे ऑफ़िस के लिए काफ़ी वक़्त था। फूलबाग़ के किनारे-किनारे सड़क थी। क़रीब बीस मिनट लगते थे उसे ऑफ़िस पहुँचने में। गर्मी के दिन थे। सड़क के दोनों ओर नीम के पेड़ थे। हवा ज़ोर से चल रही थी और नीम की सैकड़ों सूखी-सूखी पत्तियाँ झर रही थीं। इन्हीं में से एक सूखी पत्ती चक्कर खाते हुए उसकी कमीज़ की जेब के अन्दर चली गई। उसे यह अजीब लगा। साइकिल चलाते-चलाते जेब के अन्दर बायाँ हाथ डालकर उसने पत्ती को निकालना चाहा तो पत्ती टुकड़े-टुकड़े होकर उसकी जेब में रह गई। उसने साइकिल रोकी। जेब को उलटकर साफ़ किया। यद्यपि यह कोई साइकिल रोकनेवाली बात नहीं थी, और नीम की पत्ती के टुकड़े उसकी जेब में बोझ नहीं थे, लेकिन उसने यह सब किया।

ठीक फूलबाग़ के दरवाज़े के पास आकर उसके मन में यह बात

आई कि उसने अपने कमरे में ताला नहीं लगाया है। वह यह याद करने की कोशिश करने लगा कि उसने अपने कमरे में ताला लगाया है या नहीं? उसे बार-बार यह लगा कि अबकी बार वह ज़रूर ताला लगाना भूल गया है। कल भी उसे यही शंका हुई थी। आधे रास्ते से लौटकर वह अपने कमरे में गया था। ताले को खींचकर देखा था। ताला बन्द था। ताला बन्द पाकर बेफ़िक्र होकर वह ऑफ़िस चला गया था।

दो दिन पहले उसे तनख़्वाह मिली थी। उसके कमरे में केवल एक पेटी थी, और एक बिस्तरा था। पेटी में ताला नहीं था। कई बार उसने सोचा था कि वह पेटी के लिए मज़बूत-सा ताला ले आएगा। तनख़्वाह के सारे पैसे उसने पेटी में एक धुली कमीज़ की जेब में रख दिये थे। फिर ऊपर से अन्दर एक रूमाल रख दिया था, ताकि इधर-उधर कपड़े करने से जेब से रुपये न गिरें। हो सकता है, उसका यह भी मतलब हो कि जेब के रुपये रूमाल में छुप जाएँगे और एक बारगी नज़र उस पर नहीं पड़ेगी!

वह लश्कर होटल के पीछे एक कमरे में किराए पर रहता था। बाएँ तरफ़ के कमरों से होटल का नौकर भागवत झाड़ू लगाते हुए आता था। भागवत को इस बात की थोड़ी भी झिझक नहीं होती थी कि कमरे में कोई नहीं है इसलिए उसे अन्दर नहीं घुसना चाहिए। कई बार ऐसा हुआ था कि जब वह नहाता रहता था तो उसके सूने कमरे में भागवत झाड़ू लगाने पहुँच जाता था। ऐसी स्थिति में जल्दी-जल्दी नहा-धोकर वह कमरे में लौट आता था। वह नहीं चाहता था कि उसकी अनुपस्थिति में भागवत उसके कमरे में रहे। इन होटल के नौकरों पर उसे थोड़ा भी भरोसा नहीं था। यद्यपि अब तक उसे शिकायत का कोई मौक़ा नहीं लगा था।

शायद उसने अपने कमरे में ताला लगा दिया है, उसने सोचा। हो सकता है, नहीं लगाया हो! मन-ही-मन अपने-आप पर वह ग़ुस्सा हो रहा था। ज़बर्दस्ती उसने एक वहम पाल लिया है। अब भी मौक़ा है,

उसने सोचा। उसे लौटकर देख आना चाहिए। इस बार ताला लगाना वह वाकई भूल गया है। कौन इतना बड़ा जुआ खेले! तनख़्वाह के सारे रुपये हैं। बस, थोड़ी और साइकिल चलानी होगी। लेकिन उसके रुपये तो बच जाएँगे। दफ़्तर को अभी काफ़ी वक़्त है। वह आसानी से लौटकर ठीक समय में ऑफ़िस पहुँच जाएगा। वह सोच रहा था कि उसे जाना चाहिए या नहीं जाना चाहिए?

उसकी साइकिल की रफ़्तार धीरे-धीरे कम हो गई थी लेकिन यह बात उसे बिलकुल नहीं मालूम थी। इसी धीमी गति से उसने चौराहे का एक गोल चक्कर लगाया। इसके बाद वह तेज़ी से अपने कमरे की तरफ़ लौट रहा था। रास्ते में बर्फ़ के एक ठेले से वह टकरा जाता, लेकिन वह अपने को सँभाल ले गया।

जब वह अपने होटल पहुँचा तो बरामदे में भागवत खड़ा था। उसे भागवत का बरामदे में खड़ा होना बिलकुल अच्छा नहीं लगा। साइकिल में ताला लगाकर वह अन्दर आया। पता नहीं क्यों, वह अपने चेहरे और चाल-ढाल से भागवत पर यह ज़ाहिर करना चाहता था, जैसे वह बहुत जल्दी में है और कोई ज़रूरी चीज़ कमरे में भूल आया है। सीढ़ियों से चढ़ते वक़्त पलटकर उसने देखा, भागवत उसकी तरफ़ देख रहा था। 'धत् तेरी की!' मन में उसने गाली दी, 'साला कहीं यह समझ तो नहीं गया?' कमरे के सामने आकर क्षण-भर के लिए उसने पलटकर फिर देखा। भागवत अब वहाँ नहीं था। जल्दी से ताले को खींचकर उसने देखा। ताला बाक़ायदा बन्द था। फिर सीटी बजाते हुए, जूतों को खटखटाते हुए वह नीचे उतरा। नीचे खाना बनानेवाले पंडित से उसने पीने के लिए पानी माँगा। एक गिलास पानी पीकर उसने कहा कि एक गिलास और दे, उसे बहुत प्यास लगी है। दो गिलास पानी पीकर वह ऑफ़िस की ओर रवाना हुआ।

अब वह अपने-आपको काफ़ी हल्का महसूस कर रहा था। रास्ते में एक होटल पड़ता था। साइकिल रोककर उसने वहाँ दीवाल-घड़ी की तरफ़ देखा, ग्यारह बजने के लिए अभी आधा घंटा बचा था। उसने सोचा कि उसने बिलकुल ठीक किया कि ताले को खींचकर देख लिया। उसे तसल्ली हो गई। नहीं तो ऑफ़िस में उसका मन इसी तरफ़ लगा रहता। ऐसा धोखा तो हो जाता है। भूल सबसे होती है। एक ही तरह की भूल कई बार हो सकती है। उसके तो पूरे डेढ़ सौ रुपये चले जाते। तब पिछले महीने का हिसाब कौन देता? इस महीने क्या खाता? कहाँ सोता? चलो, अच्छा हुआ, वह अपने-आपको समझा रहा था।

एक बार ऐसा हुआ भी था। उसका जो ताला था, वह दबाने से बन्द होता था। शाम को वह घूमने गया था। आधा घंटे बाद जब वह लौटकर आया तो उसे मालूम हुआ था कि उसका ताला लटका हुआ है। दबाना वह भूल गया है। उसे घबराहट हुई थी। लेकिन सामान सब ठीक था।

ऑफ़िस में वह पूरे इतमीनान से काम करता रहा। शाम को वह घर लौटा। अपने कमरे का ताला खोला। वह बेहद थका हुआ था। कुछ देर तक लेटे रहने से उसे झपकी-सी आने लगी थी। आँखें मूँदे-मूँदे उसने करवट बदली। हाथ-पैर तानते हुए उसे बहुत आराम मिला। उसे लग रहा था, जैसे सैकड़ों मंज़िल सीढ़ी चढ़ने के बाद वह अपने कमरे में आया है। साइकिल उसे बहुत चलानी पड़ती थी। पैर भारी हो गए थे। थोड़ी देर बाद बिस्तर से वह उठा। पेटी खोली। कमीज़ की जेब से सारे रुपये निकाले। रुपये लेकर वह नीचे गया। पिछले महीने के खाने और कमरे के किराए के जितने रुपये होते थे, उसने सब दिये। अगले महीने के एडवांस भी दिये। भागवत को पाँच रुपये का नोट देते हुए उसने कहा कि वह धोबी को पैसे दे दे। तेल, साबुन, और मंजन—सब खत्म हो गया था। पास ही दुकान थी। उसने यह सब चीज़ें ख़रीदीं। उसके पास केवल दो रूमाल थे। एक रूमाल उसने और ख़रीदा। पिछले महीने से वह सोच

रहा था कि उसके पास दो बनियाइनें और होनी चाहिए। अब की बार दो बनियाइनें भी ख़रीद लीं। उसे चप्पल भी ख़रीदनी थी। केवल एक जोड़ जूता था। लेकिन अब उसके पास आठ रुपये और कुछ आने थे। पूरा महीना गुज़ारना था। चप्पल ख़रीदने लायक़ पैसे होते तो वह ज़रूर ख़रीद लेता। सारा सामान लेकर वह अपने कमरे में आया।

दूसरे दिन ऑफ़िस जाने के लिए उसने नई बनियाइन पहनी, कपड़े बदले, नया रूमाल रखा। बाल सँवारे। जूते पहने। साइकिल की चाबी ली। कमरे में लगाने के लिए ताला लिया।

कुछ दूर चलने के बाद प्रच्छन्न रूप से उसके दिमाग़ में हल्के-हल्के एक कमज़ोर-सी बात उठी कि शायद उसने अपने कमरे में ताला नहीं लगाया है। वह मुस्कुराया और सिर झटककर उसी तेज़ी से साइकिल चलाता रहा। तब उसकी तरफ़ कोई देखता तो उसे अकारण मुस्कुराते देखकर ज़रूर आश्चर्य करता। रास्ते में उसे सड़क के दोनों किनारों में वही नीम के पेड़ मिले। गर्मी के दिन थे। सैकड़ों सूखी-सूखी पत्तियाँ झर रही थीं। लेकिन ऐसा कोई संयोग नहीं हुआ कि एक नीम की पत्ती चक्कर खाते हुए उसकी जेब में चली जाती। वह बिना कहीं रुके उसी तरह साइकिल चलाता रहा। उसकी साइकिल की रफ़्तार में थोड़ी भी कमी नहीं आई।

[1963]

मछली

दौड़ते हुए हम लोग एक पतली गली में घुस गए। इस गली से घर नज़दीक पड़ता था। दूसरे रास्तों में बहुत भीड़ थी। बाज़ार का दिन था। लेकिन बूँदें पड़ने से भीड़ के बिखराव में तेज़ी आ गई थी।

दौड़ इसलिए रहे थे कि डर लगता था कि मछलियाँ बिना पानी के झोले में ही न मर जाएँ। झोले में तीन मछलियाँ थीं। एक तो उसी वक़्त मर गई थी जब पिताजी ख़रीद रहे थे। दो ज़िन्दा थीं। झोले में उनकी तड़प के झटके मैं जब-तब महसूस करता था। मन-ही-मन सोच रहा था कि एक मछली पिताजी से ज़रूर माँग लेंगे। फिर उसे कुएँ में डालकर बहुत बड़ी करेंगे। जब मन होगा, बाल्टी से निकालकर खेलेंगे। बाद में फिर कुएँ में डाल देंगे।

अब ज़ोर से पानी गिरने लगा था। बरसते पानी में खड़े होकर दोनों हाथों से झोले का मुँह आकाश की तरफ़ फैलाकर मैंने खोल दिया, ताकि आकाश का पानी झोले के अन्दर पड़ी मछलियों पर पड़े। उनमें थोड़ी जान आ जाए। सन्तू भीगने से बचने के लिए एक मकान के नीचे खड़ा हो गया था। हम दोनों बुरी तरह भीग गए थे। तभी कोई मछली पानी के छींटे पाकर, कहीं आसपास किसी तालाब या नदी का अन्दाज़ कर ज़ोर से उछली। झोला मेरे हाथ से छूटते-छूटते बचा।

नहानघर का दरवाज़ा अन्दर से हम लोगों ने बन्द कर लिया था। भरी हुई बाल्टी थी, उसे आधी ख़ाली कर मैंने झोले की तीनों मछलियाँ उड़ेल दीं। अगर बाल्टी भरी होती तो मछली उछलकर नीचे आ ज़ाती। एक बार एक छोटी-सी मछली मेरे हाथ से फिसलकर नहानघर की नाली में घुस गई थी। हाथों से मैंने और सन्तू ने उसे टटोल-टटोलकर ढूँढ़ा था। जब दिखी नहीं तो हम घर के पीछे जाकर खड़े हो गए थे जहाँ घर की नाली एक बड़ी नाली से मिलती थी। गन्दे पानी में मछली दिखी नहीं। दीदी ने बताया था कि वह मछली इस नाली से शहर की सबसे बड़ी नाली में जाएगी, फिर शहर से तीन मील दूर मोहारा नदी में चली जाएगी।

सन्तू ठंड से काँप रहा था। माँ हम लोगों को भीगा देखेगी तो मार पड़ेगी। मैंने सन्तू से कहा कि वह कमीज़ उतारकर निचोड़ ले। कमीज़ उतारकर हम दोनों ने निचोड़ी। पैंट को मुट्ठियों से दबा-दबाकर निचोड़ा। फिर हम दोनों केवल पैंट पहने, गोद में गीली कमीज़ दबाए बाल्टी को घेरकर बैठ गए। जो सबसे नीचे दबी हुई मछली थी, वही शायद मर गई थी।

सन्तू से मैंने कहा, "अपन ये सबसे ऊपर वाली मछली पिताजी से माँग लेंगे।"

सन्तू ने सिर हिलाकर कहा, "अच्छा।"

वह बड़े प्यार से मछलियों की तरफ़ देख रहा था। वह मछलियों को छूकर देखना चाहता था लेकिन डरता था। बाल्टी के थोड़ा और पास खिसककर एक मछली को पकड़ते हुए मैंने कहा, "सन्तू, तू भी छूकर देख न!"

"नहीं, काटेगी।" सन्तू ने इनकार करते हुए कहा।

"मैं तो छू रहा हूँ। मुझे तो नहीं काटती। ये मछली नहीं काटती। ले, छू!"

सन्तू ने डरते-डरते एक मछली को, जो सबसे ऊपर थी, उँगली से छुआ। फिर डरकर उसने अपना हाथ खींच लिया।

"डरता क्यों है?" कहकर एक मछली को मैंने उठा लिया।

मछली मेरे हाथों से फिसली पड़ रही थी। मैंने उसे फिर बाल्टी में डाल दिया। बाल्टी में पड़ते ही वह उछली तो पानी के छींटे हम लोगों पर पड़े। तब सन्तू चौंककर थोड़ा पीछे हट गया था।

नीचे दबी हुई मछली की आँखों में मैं अपनी छाया देखना चाहता था। दीदी कहती थी, जो मछली मर जाती है, उसकी आँखों में झाँकने से अपनी परछाईं नहीं दिखती।

बाल्टी में हाथ डालकर मैंने मुर्दा-सी पड़ी उस मछली को बाहर निकाला। नहानघर के फ़र्श पर उसे धीरे से रख दिया। उसकी पूँछ को पकड़कर दो-तीन बार हिलाया तो भी उस मछली में थोड़ी भी हरकत नहीं हुई। उसकी लम्बी एक-एक बाल की मूँछें छोर से छल्लेदार बन गई थीं।

"सन्तू, तू इसकी आँख में झाँक के देख, तेरी परछाईं इसमें दिखती है क्या?"

मछली बाहर फ़र्श पर थी इसलिए सन्तू थोड़ी दूर हटकर बैठा था। मेरे यह कहने से कुछ पास आकर वह मछली की आँख में उत्सुकता से झाँकने लगा।

"और पास से देख। परछाईं दिखती है?" समझाते हुए मैंने उससे कहा, "दीदी कहती है, मरी मछली की आँख में आदमी की परछाईं नहीं दिखती।"

दूर से सिर झुकाए मछली की आँखों में झाँकता हुआ सन्तू चुपचाप था। कुछ बोलता ही नहीं था कि परछाईं दिखती है या नहीं।

"तुझसे कुछ भी नहीं बनता", कहकर दोनों हाथों से मैंने मछली को उठा लिया। फिर मछली को अपने चेहरे के बिलकुल पास लाकर

मैंने देखा तो मुझे उसकी आँख में धुँधली-धुँधली परछाईं दिखी। ठीक से समझ में नहीं आ रहा था कि यह मेरी परछाईं थी या मछली की आँखों का रंग ही ऐसा हो गया था?

"शायद थोड़ी जान है। जाकर तू चुपके से दीदी को बुला ला।" मैंने सन्तू से कहा, और मैंने मछली फिर से बाल्टी में डाल दी।

थोड़ी देर बाद सन्तू लौटकर आया तो कहा, "दीदी तो सो रही है।"

"अभी दिन को सो रही है!" मुझे आश्चर्य हुआ। "माँ कहाँ है?"

"उस तरफ़ मसाला पीस रही है।"

मेरा दिल बैठ गया। "चः-चः, मछली के लिए मसाला होगा! आज ही बनेगी!" दुःख से मैंने कहा।

"भइया, मछली अभी कट जाएगी?" भोलेपन से सन्तू ने पूछा।

"हाँ।"

फिर सन्तू भी उदास हो गया।

घर में मछली काटने के लिए एक अलग से पाटा था। उस पाटे के ऊपर ही मछली रखकर काटी जाती थी। पाटे में चक्कू के आड़े-तिरछे निशान बन गए थे। यह पाटा परछी में ड्रम के पीछे रखा रहता था। जिस रोज़ मछली बनती थी, उसी रोज़ यह पाटा निकाला जाता था। घर का नौकर मछली काटा करता था।

पानी का गिरना बिलकुल बन्द हो गया था। आँगन में आकर मैंने देखा, जिस जगह मछली काटी जाती थी, वहाँ वही पाटा धुला हुआ रखा था। पास में थोड़ी चूल्हे की राख थी। मैंने सोचा, भग्गू कुआँ के पास चक्कू में धार कर रहा होगा। नहानघर का दरवाज़ा पूरा खुला था। मुझे बाल्टी दिख रही थी जिसमें मछलियाँ थीं। माँ वहाँ नहीं थी। शायद ऊपर होगी। माँ को घर में मछली, गोश्त बनना अच्छा नहीं लगता था। पिताजी ने कई बार चाहा कि हम लोग भी मछली, गोश्त खाया करें लेकिन माँ

ने सख़्ती से मना कर दिया था। और किसी को भी अच्छा नहीं लगता था, केवल पिताजी खाते थे।

भग्गू को जैसे मालूम था कि मछलियाँ नहानघर में हैं, आते ही वह अँगोछे में तीनों मछलियाँ निकाल लाया। कुएँ में मछली पालने का उत्साह बुझ-सा गया था। पिताजी शायद अभी तक आए नहीं थे। कमरे में जाकर देखा तो सच में दीदी करवट लिये लेटी थी। सन्तू को मैंने इशारे से बुलाया कि वह भी गीले कपड़े बदल ले। शायद कुछ आहट हुई होगी, दीदी ने पलटकर हमें देखा। गीले कपड़ों में देखकर दीदी बहुत नाराज़ हुई। फिर प्यार से समझाया। सन्तू को दीदी ने ख़ुद अपने हाथों से जाने क्यों बहुत अच्छे-अच्छे कपड़े पहनाए। मैं घर के धोए कपड़े पहन रहा था तो दीदी ने कहा कि धोबी के धुले कपड़े पहन लूँ। फिर दीदी ने पेटी से मेरे लिए कपड़े निकाल दिये।

सन्तू के बड़े-बड़े बाल थे इसलिए अभी तक गीले थे। दीदी ने सन्तू के बालों को टॉवेल से पोंछकर, उनमें तेल लगाया। बाएँ हाथ से सन्तू की ठुड्डी पकड़कर दीदी ने उसके बाल सँवार दिये। जब दीदी सन्तू के बाल सँवार रही थी तो सन्तू अपनी बड़ी-बड़ी आँखों से दीदी को टकटकी बाँधे देख रहा था। सभी कहते थे कि दीदी बहुत सुन्दर है।

दीदी से मैंने कहा, "दीदी, आज मछली आई है। तीन हैं। एक शायद मर गई है। उन्हें अभी भग्गू काटेगा।"

पहले तो दीदी चुप रही, फिर कहा कि मैं कमरे का दरवाज़ा बाहर से बन्द कर दूँ। वह कमरे में अकेले लेटेगी। उसकी तबियत ठीक नहीं है। मैं और सन्तू दोनों चुपचाप कमरे से बाहर निकल आए। जब मैं दरवाज़ा बन्द कर रहा था, तो दीदी लेटी हुई थी।

भग्गू के पीछे खम्भे के पास टिककर हम दोनों मछली का कटना देखने लगे। भग्गू ने एक मछली उठाकर पहले उसे पत्थर पर कसकर दो-तीन बार पटका, फिर मुर्दा-सी मछली के पूरे शरीर में अच्छी तरह

राख मला। पाटे के ऊपर रखकर एक दम से उसकी गर्दन काट डाली। मछली थोड़ी भी नहीं तड़पी। तभी जाने क्यों, मेरे देखते-ही-देखते सन्तू एक मछली अँगोछे से उठाकर बाहर की तरफ़ सरपट भागा। भग्गू भी मछली काटना छोड़कर 'अरे! अरे! अरे!' कहता हुआ उसके पीछे-पीछे भागा। मैं वहीं खड़ा रहा।

पाटे में राख से लिपटी सिर कटी हुई मछली पड़ी थी। अँगोछे में जो मछली लिपटी हुई-सी थी, उसका धीरे-धीरे लहरना मुझे साफ़ मालूम पड़ रहा था। मैंने सोचा, सन्तू मुर्दा मछली लेकर भागा है।

मुझे लगा कि दीदी के कमरे से हल्की-हल्की सिसकियों की आवाज़ आ रही है। धीरे से दरवाज़ा खोलकर मैं अन्दर गया तो देखा, दीदी सच में अपनी पहनी हुई साड़ी को सिर तक ओढ़े, करवट लिये सिसक-सिसककर रो रही थी। हिचकी लेते ही दीदी का पूरा शरीर सिहर उठता था। अँगोछे में लिपटी मछली का लहरना मुझे याद आया। वैसे ही धीरे से दरवाज़ा बन्द कर मैं बाहर आ गया।

भग्गू और सन्तू अभी तक नहीं आए थे। बाड़े की तरफ़ आकर मैंने देखा कि कुएँ के पास ज़मीन में सन्तू जानबूझकर पट पड़ा था। दोनों हाथों से मछली को अपने पेट में वह छुपाए हुए था। भग्गू मछली छीनने की कोशिश कर रहा था। शायद उसे डर था कि सन्तू मछली कुएँ में डाल देगा तो पिताजी से उसे डाँट पड़ेगी। मैंने सुना कि अन्दर की तरफ़ से पिताजी के ज़ोर-ज़ोर से चिल्लाने की आवाज़ आ रही थी।

तीनों मछलियों के कई टुकड़े हो गए थे। पाटे के पास मछलियों के गोल-गोल चमकीले पंख पड़े थे। दीदी जहाँ लेटी थी, उस कमरे का दरवाज़ा खुला था। शायद माँ अन्दर थी। पिताजी दरवाज़े के पास ग़ुस्से से टहल रहे थे। दीदी की सिसकियाँ बढ़ गई थीं। मुझे लगा कि पिताजी ने दीदी को मारा है।

भग्गू जैसे ही बाहर जा रहा था तो पिताजी ने दहाड़कर कहा, “भग्गू, अगर नरेन घर में घुसे तो साले के हाथ-पैर तोड़ बाहर फेंक देना। बाद में जो होगा, मैं भुगत लूँगा।”

भग्गू चुपचाप सिर हिलाकर चला गया। सन्तू सहमा-सहमा चुपचाप खड़ा था। कीचड़ से उसके साफ़ अच्छे कपड़े बिलकुल खराब हो गए थे। बाल जिसे दीदी ने प्यार से सँवारा था, उसमें भी बहुत मिट्टी लगी थी।

नहानघर में जाकर मुझे लगा कि मछलियों की गंध आ रही है। बाल्टी के पास बैठकर मैंने पानी को हाथ से गोल-गोल खँगाला। फिर बाल्टी को उलट दिया तो नहानघर की नाली क्षणभर को पूरी भर गई। फिर बिलकुल ख़ाली हो गई। पूरे घर में मछलियों की जैसे गंध आ रही थी।

[1957]

झुंड

मेरे पास समय था।

सड़क के किनारे आकर मैं खड़ा हो गया था। आदमी आ-जा रहे थे। मैं आदमियों पर ध्यान नहीं देता था। कुछ समय आसानी से बीत गया, तब मैंने सोचा कि अब किसी आदमी पर ध्यान देना चाहिए।

एक आदमी नीली कमीज़ पहने था। वह हाथ में दही का कुल्हड़ लिये मेरे सामने से निकला और गुड़ाखू लाइन की तरफ़ मुड़ गया। मैंने उस पर ध्यान दिया था। मुझे मालूम हो गया था कि वह बाएँ हाथ में दही का कुल्हड़ लिये है। और उसका चश्मा दिखा था। वैसे वह आदमी मुझे पूरा दिखा था। ठीक है। आदमियों का झुंड आदमियों की तरह था।

कुछ देर बाद वही नीली कमीज़ वाला आदमी बाएँ हाथ में दही का कुल्हड़ लिये, फिर उधर से आता दिखा जहाँ से पहले आया था, और गुड़ाखू लाइन की तरफ़ मुड़ गया। मैंने उसे लौटते हुए नहीं देखा था। यह साधारण बात है कि कोई बिना लौटकर आए दुबारा उसी जगह नहीं जा सकता। आदमी वही था। यद्यपि इस बार मैंने उसकी पतलून, लम्बी नाक और चप्पल देखी जो पहले नहीं देखी थी। यह बात तय थी कि पहले नीचे से नंगा नहीं दिखा था। उसकी नाक कुछ देर पहले भी लम्बी रही होगी। शायद वह चप्पल की जगह जूते पहने रहा हो! मुख्य

बात यह थी कि इस बार भी बाएँ हाथ में वह दही का कुल्हड़ लिये था। वह चाहता तो दही का कुल्हड़ दाहिने हाथ में ले सकता था। मेरे साथ एक आदमी और होना चाहिए था। हम दोनों नीली कमीज़ वाले आदमी पर ध्यान देते और आपस की प्रतिक्रिया समझते। मैंने कल्पना की कि मैं यहाँ खड़ा रहा तो कई बार, उसे दही लिये गुड़ाखू लाइन की तरफ़ जाते हुए देखूँगा जबकि वह एक बार भी नहीं लौटेगा। और नीली कमीज़ वाला व्यक्ति मेरा दोस्त हो सकता है।

मेरी जैसी स्थिति में कुछ क़दम बाद दाहिनी ओर एक बूढ़े खड़े थे। बाईं ओर दूर तक कोई भी मुझे खड़ा हुआ नहीं दिखा। मैं पहचान गया कि बूढ़े मेरे पड़ोसी थे। वे मोटे नहीं थे। मैंने उनसे कहा, "अभी आपने ध्यान दिया होगा। एक नीली कमीज़ वाला आदमी हमारे सामने से दो बार गुड़ाखू लाइन की तरफ़ गया, जब कि वह एक बार भी नहीं लौटा था। दोनों वक़्त उसके बाएँ हाथ में दही का कुल्हड़ था। उसकी नाक लम्बी थी। वह चश्मा लगाए हुए था।"

एक दस साल की तरह का लड़का बूढ़े के पास आकर खड़ा हो गया। दो औरतें आईं और शामिल हो गईं। मैं उनके साथ अपने घरों की विरुद्ध दिशा की तरफ़ चलने लगा।

मैंने अपनी बात दुहराई। तब हम लोग बात करने लगे।

"उसकी उम्र क्या होगी?" आख़िर बूढ़े व्यक्ति ने पूछा।

"जी, वह चश्मा लगाए हुए था। उसकी नाक लम्बी थी। चप्पल पहने था। मेरी उम्र से कम का नहीं था।"

"शंकर दत्त होगा। गुड़ाखू लाइन में उसका मकान है।"

"लेकिन शंकर दत्त के पास नीली कमीज़ नहीं होगी।" छोटी औरत ने कहा।

"आजकल में बनवा ली होगी। शंकर दत्त नीली कमीज़ पहन सकता है।"

"क्या कमीज़ नई थी?" दस साल के लड़के ने मुझसे पूछा।

"मुझे याद नहीं है।"

"पहली बार दही कम हो गया होगा। वह दुबारा दही लेने आया जबकि आप उसे नहीं देख पाए। केवल जाते हुए आपने उसे देखा। कोई बात हो गई होगी।" बड़ी औरत ने कहा।

"चाहता तो वह कमीज़ बदल सकता था।" लड़के ने कहा।

इस बार मैंने देखा कि लड़के का चेहरा पीला था। लड़के से मुझे चिढ़ हो गई।

"मिनट-मिनट में कोई कमीज़ नहीं बदलता है। दो-तीन दिन तो कमीज़ चलती है।" झिड़ककर बड़ी औरत ने जवाब दिया।

लड़का घूमकर हम लोगों के पीछे आ गया। पीछे से उसने बड़ी औरत की चप्पल पैर से दबाने की कई बार कोशिश की। बड़ी औरत को यह मालूम नहीं हो पाया। लड़का दोनों हाथ पीछे बाँधे सिर झुकाए चल रहा था। लड़के का चेहरा बड़ी औरत से मिलता-जुलता था।

इस सन्दर्भ में नीली कमीज़ वाले व्यक्ति को आख़िर मैंने गुड़ाखू लाइन की तरफ़ से लौटते हुए देखा। यह बहुत ख़ुशी की बात थी। ख़ुश होकर मैंने कहा, "देखिए, वह सामने से आ रहा है। आप लोग ध्यान दीजिएगा।"

"कहाँ है?" लड़के ने क़रीब-क़रीब मुझे धक्का देते हुए पूछा।

"शंकर दत्त नहीं है।" बूढ़े ने छोटी औरत से कहा।

"उसकी नाक लम्बी नहीं है।" बड़ी औरत ने कहा।

बूढ़े ने इशारे से नीली कमीज़ वाले व्यक्ति को अपने पास बुलाया।

यह मुझे और दोनों औरतों को अच्छा नहीं लगा। लड़के को अच्छा लगा हो। नीली कमीज़ वाला व्यक्ति आश्चर्यचकित था। वह व्यस्त और थका हुआ आदमी लगा था।

"कमीज़ पुरानी है।" हाथ से उसकी नीली कमीज़ छूकर बूढ़े ने हम लोगों से कहा।

नीली कमीज़ को मैंने और लड़के ने भी छूकर देखा। दोनों औरतें थोड़ी दूरी पर मुँह फेरे खड़ी हो गई थीं। लेकिन उसी समय उनके पास एक कुत्ता गुर्राने लगा था। इसलिए वे दोनों हम लोगों के पास आकर खड़ी हो गईं।

"मैं आप लोगों को नहीं पहचानता।" ग़ुस्से और परेशानी से आकाश की ओर देखते हुए नीली कमीज़ वाले व्यक्ति ने कहा।

मैंने कहा, "आपको नाराज़ नहीं होना चाहिए। क़रीब तीन हफ़्ते पहले मेरे पिता की मृत्यु हुई है। मैंने दो बार आपको दही लिये गुड़ाखू लाइन की तरफ़ जाते देखा था। और आप एक बार भी लौटते हुए नहीं दिखे थे। केवल अभी दिखे हैं। आपको लौटते देखकर मैं ख़ुश हो गया था। ये सभी ख़ुश हो गए थे।"

"देखिए, मैं बराबर आया-गया हूँ। आप मुझे नहीं देख पाए। आप बिलकुल सफ़ेद कमीज़ पहने हैं। और यह मैंने अभी देखा है। मैं फिर दही लेने जा रहा हूँ।" वह अभी तक चिढ़ा हुआ था।

"बार-बार आपको दही लेने की आवश्यकता क्यों पड़ती है?" छोटी औरत ने पूछा।

"मुझे मालूम नहीं है। पहले मेरी पत्नी ने कहा था। फिर माँ ने कहा। पत्नी ने अब और भेजा है। मेरी माँ और पत्नी साथ-साथ रहती हैं। और घर पर केवल मैं हूँ। छोटा कोई नहीं है। इस तरह के काम मुझे करने पड़ते हैं। मुझे दुःख है कि इनके पिता की मृत्यु हो गई। मेरे पिता बचपन में मर गए थे।"

वह औरतों की तरफ़ नहीं के बराबर देखकर बात कर रहा था। उसकी हरकतों में शिष्टता थी।

"आप हमें क्षमा कर देंगे।" मैंने कहा।

"दूर से आप शंकर दत्त की तरह लगते हैं।" ज़ोर से लड़के ने कहा।

"शंकर दत्त बचपन से मेरे छोटे लड़के का दोस्त है।" बूढ़े ने कहा।

"आपके यहाँ मेहमान आनेवाले हैं?"

"आपका नाम क्या है?"

"शंकर दत्त के पास नीली कमीज़ नहीं है।"

"अब शायद हो गई हो!" बूढ़े ने मुँह बनाकर कहा।

"शंकर दत्त की नाक लम्बी है।" बूढ़े ने कहा।

नीली कमीज़ वाला व्यक्ति तेज़ी से चला गया।

"तुम्हारी कमीज़ बहुत सफ़ेद नहीं है।" बूढ़े ने चलते हुए मुझसे कहा।

मैंने कभी नीली कमीज़ पहनी है या नहीं? घर पर कौन-कौन-सी चीज़ें नीले रंग की हैं? आकाश ख़ास नीला नहीं है। नीला रंग नीले रंग की तरह है। पाँच अलग-अलग रंग के कपड़े पहने लड़कों का झुंड निकल गया। गुड़ाखू लाइन में एक मकान हूबहू गेरुआ दिख रहा था। बूढ़े गन्दी सफ़ेद कमीज़ पहने थे।

दोनों औरतों की साड़ियाँ रंगीन थीं। लड़का ख़ाकी पैंट पहने था। आम लोग बहुत-से रंग पसन्द करते हैं। मैंने अपनी व्यक्तिगत घर की चीज़ों के रंग का ब्यौरा सोचा। मेरी चादर हरे रंग की थी। दरी में दो या तीन रंग थे। लाल और हरे रंग के बारे में मुझे विश्वास था। पेट के दर्द की दवा की शीशी का ढक्कन लाल था। तौलिया सफ़ेद और हरी पट्टी की थी। खिड़की पर सफ़ेद एनामेल का मग्गा था। मग्गे का हैंडिल नीला था। पेन कत्थई था। बिस्तर पर पड़ी किताब का ऊपरी हिस्सा नीला-

गुलाबी इत्यादि था। किताब के अक्षर काले थे। भाभी या भाई या बहिन या अम्माँ और ख़ास कर पिता की कई चीज़ों के रंग मुझे याद आ रहे थे। पर उन पर मैंने ज़ोर नहीं दिया। दिमाग़ी तौर पर मैं घर की बहुत-सी चीज़ों को उलटने-पुलटने लगा था। स्याही बैंगनी थी। नहाने का साबुन लाल था। पेटी कत्थई थी। ज़ोर देने पर एक हरे काँच के गिलास का पता लग गया। यह कोई ख़ास चीज़ नहीं थी। हरे रंग का पन्ना होता है। मुझे लगा कि मैं कोई खोज कर रहा हूँ। मुझे भूख लग रही थी।

सब लोग आगे निकल गए थे। तेज़ी से चलते हुए मैं उनके साथ हो लिया। बूढ़े व्यक्ति के पास जाकर मैंने सफ़ाई दी, "मैं रंगों के बारे में सोच रहा था। मैं अपना ध्यान पिता की मृत्यु से हटाना चाहता हूँ। बड़े भाई को आप जानते हैं। भाभी से मेरी नहीं पटती।"

आगे निकलकर बूढ़े ने धीरे-धीरे कहा, "बहुओं से मेरी भी नहीं पटती। तुम्हारे पिता के मरने से तुम्हारी भाभी को ज़रूर ख़ुशी हुई होगी। ये दोनों बहुएँ अभी मेरी मृत्यु के बारे में सोच रही हों, या मेरी मृत्यु के बाद की स्थिति के बारे में सोच रही हों!"

हम दोनों जानबूझकर आगे बढ़ गए थे। बूढ़े कभी-कभी पीछे मुड़कर देख लेते थे। मैंने और बूढ़े ने एक साथ पीछे देखा, तीन भैंसें दौड़ती आ रही थीं। हम जल्दी से किनारे हट गए थे।

"बहुओं को नहीं बताते," बूढ़े ने फुसफुसाकर कहा था।

दोनों औरतों के बिलकुल पास से एक के बाद एक तीनों भैंसें धूल उड़ाती हुई निकल गईं। दोनों औरतें गिरते-गिरते बचीं। तेज़ी से वे हमारे साथ हो गईं। दोनों बहुत घबड़ा गई थीं।

"लड़का कहाँ गया?" मैंने पूछा।

"घर चला गया होगा।" मुस्कुराते हुए बूढ़े ने कहा।

"रंगों के बारे में आप क्या सोच रहे थे?" छोटी औरत ने मुझसे पूछा।

बड़ी ग़ुस्से से बूढ़े को देख रही थी। बूढ़े चुपचाप गम्भीर थे।

"क्या आपने भैंसें को पीछे से आते देखा था? आप मुड़-मुड़कर देखते थे। और आप सड़क के बिलकुल किनारे हो गए थे।" बड़ी ने मुझसे पूछा।

मैंने छोटी से कहा, "जी। नीला रंग नीले रंग की तरह होता है।" कुछ ज़ोर से मैंने फिर कहा, "नीला रंग नीले रंग की तरह होता है।" मुझे लगा कि मेरी बात किसी ने नहीं सुनी थी।

"किराने की दुकान आ गई है।" बूढ़े ने तटस्थ भाव से कहा।

दोनों औरतें किराने की दुकान की भीड़ में चली गईं।

"मुझे तम्बाखू ख़रीदने के लिए पैसे नहीं मिलेंगे।" बूढ़े ने मुझसे कहा।

"पैसे कौन देने वाला था?"

"बड़ी। लेकिन मैंने छिपाकर बहुत-सी तम्बाखू इकट्ठी कर ली है। घर में यह किसी को मालूम नहीं है। तम्बाखू इकट्ठी करने का मुझे शौक़ नहीं है। ये लोग मुझे परेशान नहीं कर सकते। बड़ा लड़का मुझसे चिढ़ता है। छोटा भी ऐसा ही है। मैं अभी बहुत जीऊँगा। चौदह महीने पहले दाहिने हाथ की हड्डी टूट गई थी।"

दाहिने हाथ की मुट्ठी को कई बार खोलकर और बन्द कर उन्होंने मुझे दिखाया।

कलाई के पास हाथ टेढ़ा था।

"मालूम नहीं पड़ता कि आपका हाथ कभी टूटा था। मेरे पिता की उम्र पचपन साल थी।" मैंने कहा।

"मैं यहीं खड़ा हूँ। तुम बड़ी से तम्बाखू के लिए एक रुपया माँगो।" बूढ़े ने मुझसे कहा।

भीड़ में जाकर मैंने बड़ी से कहा, "उन्होंने मुझे भेजा है। तम्बाखू के लिए एक रुपया माँग रहे हैं।"

"कौन-सी तम्बाखू के लिए?"

"शायद पत्ते वाली होगी।"

"एक रुपये की पत्ते वाली तम्बाखू?" बड़ी ने दुहराया, और बटुवे से निकालकर मुझे एक रुपया दिया।

बूढ़े अलग खड़े हम लोगों को देख रहे थे। उन्हें मैंने एक रुपया दिया।

बूढ़े ने कहा, "अपने लड़कों पर मुझे भरोसा नहीं है।"

मैंने कहा, "मुझे पिताजी की याद आ रही है।"

"रुपये देते समय बड़ी क्या कह रही थी?" बूढ़े ने पूछा।

"आपने कितनी तम्बाखू इकट्ठी की है?" मैंने पूछा।

"तीन बड़े झोले भर गए हैं।"

"इतनी तम्बाखू आप क्या करेंगे?"

"मैं चार साल से इकट्ठा कर रहा हूँ।"

"आप तम्बाखू बचाकर क्यों रखते हैं? रुपये बचाकर रखिए। ज़रूरत हुई तो तम्बाखू ख़रीद लें। रुपये कुछ और काम आ सकते हैं।"

"दिन में दो बार मुझे चाय मिलती है।" बूढ़े ने कहा।

बूढ़े ने कहा, "बड़ी मेरे कोट की तलाशी लेती है। कोट जाड़े में काम आता है। मुझे सन्दूक की आवश्यकता नहीं पड़ती। बाक़ी दिनों कोट टँगा रहता है। उससे छोटी-मोटी सन्दूक का काम निकालता हूँ। कोट में कई जेब हैं। दो-चोर जेब हैं। एक में दस का एक नोट है। दूसरे में दस के दो नोट हैं। एक बड़ी जेब में मैंने सुरक्षा के लिए एक नया ब्लेड खुला हुआ रख दिया है। एक कोट के लिए कुत्ता पाला नहीं जा सकता। कुत्ता मुझे पसन्द नहीं है। बड़ी जेब की तलाशी लेगी तो उसकी उँगलियाँ शायद कट सकती हैं। कोट की जेब में एक बार हाथ जाते ही एक आलपिन मुझे चुभ गई थी। मुझे मालूम नहीं, आलपिन जेब में कैसे आई। बड़ी की

उँगली कटेगी तो तुम्हें बताऊँगा। तम्बाखू तक कोई नहीं पहुँच सकता। तम्बाखू लकड़ी वाली कोठरी में है। यहाँ से आगे जाकर दाहिने तरफ़ एक गली जाती है। गली में एक हलवाई जलेबियाँ अच्छी बनाता है। सुबह घूमने के बहाने हफ़्ते में दो दिन सोमवार और बृहस्पतिवार को मैं वहाँ जलेबियाँ खाता हूँ। गली के अन्त में एक भोजनालय है। कचौरी और दही के आलू वहाँ बहुत अच्छे बनते हैं। कभी दो-तीन महीने में एक बार वहाँ खाना खाता हूँ। तब घर पर कहता हूँ कि मेरा पेट खराब है। मेरे गले पर दाद का एक टुकड़ा है। कालर से छुपा हुआ है। रात में बहुत खुजलाहट होती है।"

"जाड़े में आप सन्दूक पहन लेते हैं?" मैंने मज़ाक़ किया।

"कोट की जेब में आप एक दाद का टुकड़ा रख दें।" मुँह घुमाकर शरारत से मैंने कहा।

"कोट की दूसरी जेबों में आप क्या रखते हैं?" मैंने पूछा।

बूढ़े ने पूछा, "आपके पिताजी ने तम्बाखू जैसी कोई चीज़ इकट्ठी नहीं की?"

"जी नहीं। मैं नहीं जानता। तम्बाखू वे कभी-कभी खाते थे। अलबत्ता तीन चश्मों के बारे में मुझे मालूम है। दो टूटे हैं। एक ठीक है। बहुत-से चश्में इकट्ठे करना मुश्किल और महँगा काम है। जब उनकी मृत्यु हुई थी, तब उनके हाथ की घड़ी चल रही थी। मैंने आशा नहीं की थी कि पिता की मृत्यु होते ही घड़ी बन्द होनी चाहिए। लेकिन मैंने ऐसा सोच लिया था। आजकल वह घड़ी मेरे बड़े भाई के पास है। मौक़ा मिला तो वह घड़ी आपको दिखाऊँगा। रुपये उन्होंने इकट्ठे नहीं किए। मेरी माँ और मेरे बड़े भाई इस बात से हमेशा ग़ुस्से और परेशानी में रहे।"

बूढ़े ने कहा, "कोट की दूसरी जेबों में पुराने काग़ज़ भरे हुए हैं। किसी दिन बैठकर छाँट लूँगा। बाक़ी फाड़कर फेंक दूँगा। कुछ दिन पहले थोड़े काग़ज़ फाड़कर मैंने फेंके थे। जिन्हें मैंने तब बचाकर रख

लिया था, उनमें से दो काग़ज़ परसों फाड़कर फेंके हैं। अफ़सर से मैंने सन् पचपन में प्रार्थना की थी कि मैंने जो अनजाने उनसे अभद्रता की थी, उसकी मुझे माफ़ी दे दें। ये काग़ज़ उसकी नक़ल थे। अब बहुत-से काग़ज़ फाड़कर फेंक दूँगा। उन जेबों में मुझे क्या रखना चाहिए, यह मुझे समझ नहीं आ रहा है। खिड़की पर ब्लेड में धार करनेवाला रखा है। वह काँच का है। उसे कोट की जेब में रख लूँगा। टूटने का डर नहीं रहेगा। काँच का एक गिलास भी है, उसे भी जेब के अन्दर रख दूँगा। तुम्हारे पिता बहुत-से ब्लेड इकट्ठा कर सकते थे। तुम बताओ, मुझे कोट की जेबों में क्या रखना चाहिए?"

"पोस्टकार्ड और लिफ़ाफ़े आप रख सकते हैं।" मैंने सलाह दी।

"कमीज़ का बटन और एक छोटी पेंसिल है।" बूढ़े ने कहा।

"चाबियाँ कोट की जेब में रखें।"

"कोट से मैं सन्दूक का काम लेता हूँ। मेरे पास कोई चाबी नहीं है। कोट के बटन खुले हैं। और रुपये चोर-जेब में हैं।"

"एक बार आप मुझे दाहिने हाथ की मुट्ठी खोलकर और बन्द कर दिखा दें।" मैंने ख़ुशामद करते हुए कहा।

बूढ़े के दाहिने हाथ में रुपया दबा था। उन्होंने रुपया बाएँ हाथ में लिया।

मैंने उन्हें देखा कि वे दाहिने हाथ की मुट्ठी खोल रहे थे, और बन्द कर रहे थे।

"मालूम नहीं पड़ा कि आपका हाथ टूटा था।" मैंने आश्चर्य प्रकट किया।

"मेरे बड़े भाई आ रहे हैं," कहकर मैं पलटकर खड़ा हो गया था। पलटे हुए मैंने बूढ़े से पूछा, "बड़े भाई हैं या चले गए?"

बूढ़े ने मुझे जवाब नहीं दिया। कारण यह था कि बूढ़े की जगह कोई दूसरा आदमी आकर खड़ा हो गया था। यह मुझे मालूम नहीं हो पाया

था। बड़े भाई चले गए थे। बूढ़े के साथ दोनों औरतें लौटती हुई दिखीं।

"मैं नहीं जानता, आपके बड़े भाई कौन हैं।" बूढ़े की जगह खड़े हुए आदमी ने कहा।

"उनका सिर घुटा हुआ है।" उसकी पीली कमीज़ को घूरते हुए मैंने कहा।

बतख का झुंड बतख की तरह था। बतख की तरह चोंच थी और पंख थे। बतखें पैदल सड़क पर चल रही थीं। साइकिल या मोटर के आने से वे दुबककर किनारे हो जाती थीं। बतखें बाज़ार की तरफ़ जा रही थीं। जितने जाते हुए लोग थे, वे सब गुड़ाखू लाइन जाएँगे और गुड़ाखू लाइन में कोई घटना हो गई है, यह मैंने सोचा। घुटे सिर पर हाथ फेरते हुए मुझे लगा कि मैंने बढ़ी दाढ़ी पर हाथ फेरा है। मैंने कल्पना की कि बूढ़े ने अपने दाहिने हाथ से मेरे सिर पर कंघी की है। माँग उन्होंने दाहिने हाथ की तरफ़ निकाली है। और नीली कमीज़ वाला व्यक्ति मेरा दोस्त हो गया है। मैंने फिर कल्पना की कि मैं, नीली कमीज़ वाला व्यक्ति, बूढ़े और लड़का एक साथ दही का कुल्हड़ लिये गुड़ाखू लाइन की तरफ़ चले गए। वह व्यक्ति मुझे पसन्द नहीं आया था जो पीली कमीज़ पहने था और बूढ़े की जगह आकर खड़ा हो गया था।

मैं कल्पना करना नहीं चाहता था।

[*विकल्प प्रवेशांक*]

टुकड़ा

मैं अभी छत पर खड़ा था। वैसे मुझे छत पर नहीं खड़ा होना था। बूँदा-बाँदी हो रही थी। नीचे सड़क पर बहुत भीड़ थी। लोग बिखरने लगे थे। पानी जैसे ही ज़ोर से गिरने लगा, सड़क तेज़ी से ख़ाली हो गई। दुकानों के नीचे, घरों के बरामदे में, सड़क के दोनों तरफ़ भीगने से बचने के लिए लोग इकट्ठे हो गए थे। केवल एक आदमी, जिसकी उम्र क़रीब उन्नीस-बीस साल होगी, चुपचाप भीगते हुए उसी तरह सड़क के बीचोबीच चला आ रहा था। वह बिनेश था। मुझे आश्चर्य हुआ कि वह भीग क्यों रहा है। उसे अपने कपड़े-लत्तों की थोड़ी भी परवाह नहीं थी, जबकि उसे अपने कपड़ों का बेहद ख़याल रहता था। भीगने से बचने के लिए मैं दीवाल से सटकर खड़ा था। यह दीवाल किसी अधूरे कमरे की थी। मकान मालिक उसे बनवाते-बनवाते रह गया था।

मैं नीचे आकर खड़ा हो गया और बिनेश के पास आने की प्रतीक्षा करने लगा। अब पानी इतनी ज़ोर से गिर रहा था कि उसे दौड़ते हुए तेज़ी से बरामदे में मेरे पास आकर खड़े हो जाना चाहिए था।

"पानी में भीग क्यों रहे हो?" टीन के ऊपर छत का इकट्ठा हुआ पानी गिर रहा था। बरसने की आवाज़ तेज़ थी, इसलिए मैंने चिल्लाकर कहा था।

बिनेश ने जवाब नहीं दिया। वह बरामदे के ऊपर चढ़ आया।

कमीज़ भीगकर उसकी छाती से चिपक गई थी, इसलिए अन्दर पहनी हुई बनियाइन साफ़ दिख रही थी। पतलून भीग गई थी, नीचे का हिस्सा कीचड़ से गन्दा था। जहाँ वह खड़ा था, वह हिस्सा भीगकर गीला हो गया था। कमरे के अन्दर आकर वह एक कोने में खड़ा हो गया। ठंड से वह थोड़ा काँप रहा था। खूँटी में मेरा एक गन्दा पाजामा और एक गन्दी कमीज़ टँगी थी। मैं इसे सात दिन से पहन रहा था। आज ही तय किया था कि कल धुले कपड़े पहनूँगा। पाजामा-कमीज़ देकर मैंने बिनेश से कहा कि वह गीले कपड़े उतार दे।

बिनेश ने जब अपनी कमीज़ उतारी तो देखा कि दोनों कन्धों में उसकी बनियाइन फटी थी। बिनेश ने कपड़े बदले। उसकी उतारी कमीज़ और बनियाइन मैंने कमरे की अरगनी में टाँग दी। जब पतलून उठाने लगा तो उसने मना कर दिया। पतलून उसने ख़ुद टाँगी।

सुबह का वक़्त था। बारिश की वजह से कमरे में थोड़ा अँधेरा था। पानी अभी भी ज़ोर से गिर रहा था। बिनेश मेरे कपड़े पहनकर मेरे पास खाट पर आकर बैठ गया। खाट दीवाल से लगी थी। मैं और बिनेश दीवाल से पीठ टेके बैठे थे। मैं देख रहा था, सामने की दीवाल का काफ़ी हिस्सा भीग गया था। मैंने सोचा, कहीं दरार होगी।

बिनेश तभी उठा। अरगनी में टँगी अपनी पतलून के अन्दर हाथ डालकर कुछ निकाला और मुट्ठी बन्द किए मेरे सामने आकर खड़ा हो गया। आँख उठाकर मैंने बिनेश की तरफ़ देखा। कमीज़ के खुले बटन वह बन्द कर रहा था। बिनेश की ठुड्डी में काफ़ी बाल निकल आए थे, लेकिन उसने अभी तक दाढ़ी बनानी शुरू नहीं की थी और न कैंची चलाई थी। एक बार कैंची लेकर बिनेश से कहा कि ला, मैं तेरी दाढ़ी के बाल काट दूँ। तब उसने मेरे कैंची वाले हाथ को ज़ोर से ऐंठ दिया था।

"मैं तुमसे एक बात कहना चाहता हूँ।" बिनेश का ठीक मेरे सामने

आकर खड़े हो जाना मुझे अच्छा नहीं लग रहा था। क़रीब-क़रीब उसने फुसफुसाकर कहा था। जाने कौन-सी बात कहेगा!

"कोई ख़ास बात है क्या?"

"हाँ, ख़ास बात है। तुम किसी से कहोगे तो नहीं?"

"नहीं कहूँगा। क्या बात है?"

उसने अपनी बन्द मुट्ठी खोली। उसकी हथेली में सोने के रंग का किसी धातु का टुकड़ा था। मैं ठीक से देख भी नहीं पाया था कि उसने फिर अपनी मुट्ठी बन्द कर ली। बिलकुल ठोस जमा हुआ टुकड़ा था। जैसे सोने के गहनों के छोटे-छोटे टुकड़ों को पिघलाकर फिर से एक बड़े टुकड़े में जमने दिया गया है।

"क्या है?" मैंने पूछा।

"सोने जैसा लगता है?" बिनेश ने पूछा।

बिनेश का माथा भीग गया था। यह तय नहीं कर पा रहा था कि पसीना है। शायद उसने अपने बालों को ठीक से पोंछा न हो।

"पीतल का टुकड़ा भी हो सकता है?" मैंने कहा।

"नहीं तो!" वह मेरे पास खाट पर बैठ गया और अपनी बन्द मुट्ठी खोल दी।

मैंने देखा कि धातु के टुकड़े का पीलापन बिलकुल असली सोने की तरह था। मैंने अपना हाथ बढ़ाया। उसने उसे मेरे हाथ में रख दिया। हाथ में आते ही मैंने महसूस किया कि बहुत वज़नी है। इतने वज़न की मैंने आशा नहीं की थी। मैंने मुट्ठी बन्द की। उस धातु के टुकड़े में बिनेश के शरीर की हरारत थी। मैंने वह टुकड़ा बिनेश को दे दिया।

"लगता तो सोना है।" मैंने कहा। "कहीं चोरी तो नहीं की?" उसकी तरफ़ देखकर डर-डरकर मैं मुस्कुराया, जैसे बिनेश कोई आक्रमण कर रहा हो और मैं उसे टाल रहा हूँ।

खाट से उठकर वह खड़ा हो गया। खुले दरवाज़े के पास जाकर

क्षण-भर के लिए बरसते पानी की तरफ़ देखा। फिर अन्दर से दरवाज़ा बन्द कर लिया। उसकी हरकत मुझे अच्छी नहीं लगी।

"दरवाज़ा क्यों बन्द करते हो?"

"ऐसे ही।" बिनेश ने कहा।

"अन्दर कितनी गर्मी है! बाहर से उजाला आ रहा था। कमरे में कोई खिड़की भी नहीं है," कहकर मैं उठा। मैंने दरवाज़ा खोल दिया।

बिनेश ने कुछ भी नहीं कहा।

हम दोनों फिर खाट पर आकर बैठ गए। चद्दर बिछी हुई थी। नीचे से रज़ाई का काफ़ी हिस्सा दिखाई दे रहा था।

"तुम्हारे पास कोई सोने की अँगूठी है?"

"क्यों?"

"एक काम है।" बिनेश ने कहा।

"एक टूटी अँगूठी पेटी में रखी है।"

ताला खोलकर पेटी के कोने से अख़बार की छोटी-सी पुड़िया मैंने बाहर निकाली। उसके अन्दर एक अँगूठी के दो टुकड़े थे। बहुत दिन पहले इसे मेरी बड़ी बहन ने दिया था। अँगूठी पहनने का मुझे बहुत शौक़ था। घर से ले आया था कि बनवाकर पहनूँगा।

पुड़िया खोलकर मैं उसे देने लगा तो अँगूठी का एक टुकड़ा लुढ़ककर बिस्तर पर गिर पड़ा। बिनेश उठना चाहता था। मैंने उसे मना किया कि वैसे ही रहो। उठने से टुकड़ा इधर-उधर कहीं दब जाएगा। बिस्तर बिलकुल अस्त-व्यस्त था। चद्दर को सँवारते हुए, मैंने ढूँढ़ा तो सिलवट में दबा हुआ वह टुकड़ा मुझे मिल गया। बिनेश से मैंने कहा कि वह बिस्तर ठीक से बिछा ले। बिनेश ने बिस्तर बिछाया। फिर हम दोनों बिस्तर पर बैठ गए। बीच में अख़बार के टुकड़े पर अँगूठी के दो टुकड़े और वह बड़ा-सा धातु का डला रखा था।

"अब क्या करोगे?" मैंने पूछा।

"मैंने सोचा, मिलान करके देखें।"

बिनेश के साथ-साथ मैं भी ध्यान से यह देखने लगा कि बिनेश वाला टुकड़ा सोने का है या नहीं। मुझे अँगूठी कुछ ताँबे के रंग की लग रही थी। उस बड़े टुकड़े का रंग झकाझक सुनहरा था।

मैंने कहा, "अँगूठी के सोने में मिलावट होगी। तुम्हारा यह तो बिलकुल असली है।"

"लगता तो ऐसा ही है।" बिनेश ने कहा।

"कहाँ मिला था?" उत्सुकता से मैंने कहा।

"सड़क पर।"

"सड़क पर?" मुझे आश्चर्य हुआ।

"हाँ, कल शाम को मिला था। मिलते ही मुझे लगा कि यह पूरा सोना है। मैं शाम को ही तुम्हारे पास आनेवाला था। मुझे ठीक से नींद नहीं आई थी। अगर यह सोना हुआ तो बहुत अच्छा हो।"

"क्यों?" मैंने पूछा।

"मेरे पास कपड़े नहीं हैं। इसे बेचकर मैं अपने लिए कपड़े बनवा लूँगा।"

"पाँच-छः तोले का लगता है।" उस टुकड़े को उठाकर हाथ में तौलते हुए मैंने कहा।

"सोने का भाव क्या है?"

"मुझे मालूम है, एक सौ बीस रुपये तोला है। पाँच-छः सौ रुपये मिल जाएँगे।" क्षण-भर मन में हिसाब लगाकर मैंने कहा, "बाक़ी रुपयों का क्या करोगे?"

"बाक़ी रुपयों की किताब ख़रीद लेंगे। फ़ीस भर देंगे। बिस्तर बनवा लेंगे। टेबिल, कुर्सी ख़रीद लेंगे। माँ को देंगे। थोड़े पैसे पोस्ट ऑफ़िस में जमा कर देंगे।"

"कहाँ बेचोगे?"

"एक सुनार मेरी पहचान का है। एक बार उसके यहाँ माँ का डेढ़ तोले का हार बेचा था। तब एक सौ तीस रुपये तोला था।"

"अपने मन से बेच दिया था?"

"नहीं, माँ ने बिकवाया था।" अब वह झल्ला गया था।

"अगर पीतल हुआ तो?"

"यह तो बात है।" बिनेश बिलकुल थका हुआ लग रहा था।

मैंने अँगूठी के दोनों टुकड़ों को पुड़िया में बाँधा और पेटी में रख दिया। उस डले को बिनेश हाथ में ही लिये रहा।

"चलो, अभी सुनार के पास चलें।" बिनेश ने कहा।

"पानी गिर रहा है, शाम को चलेंगे।"

"पानी तो अभी बन्द हो जाएगा।" उसने कहा।

पानी डेढ़-दो घंटे तक बरसता रहा। बिस्तर पर पड़े-पड़े बिनेश को नींद आ गई। ऊपर की जेब में हाथ रखे वह ख़ूब खर्राटे भरकर सोता रहा। उसे सोता हुआ देखकर मेरे मन में आया कि वह सोने का टुकड़ा ही निकले।

उसकी जब नींद खुली तो पानी बन्द हो चुका था। बाहर तेज़ चहल-पहल शुरू हो गई थी। उठते ही वह बहुत नाराज़ हुआ कि मैंने उसे सोने क्यों दिया, जगाया क्यों नहीं। पता नहीं, पानी कब से बन्द हो गया है, इत्यादि।

हम दोनों सुनार के घर की तरफ़ गए। बिनेश की पहचान का जो सुनार था, उसके घर में ताला लगा था।

"अब?" मैंने कहा।

"चलो, दूसरे सुनार से पूछेंगे।"

"कहीं पीतल का हुआ तो हँसेगा नहीं?"

"नहीं। कोई नहीं हँसता।"

"मैं नहीं पूछूँगा।" मैंने कहा।

"अच्छा, मैं ही पूछूँगा।"

दूसरी दुकान के सामने एक पन्द्रह-बीस साल का लड़का एक झाग-भरे बर्तन में ब्रश से चाँदी के गहने साफ़ कर रहा था।

हम दोनों ने दो-तीन बार उसकी दुकान के चक्कर लगाए। एक बार उस लड़के ने हम दोनों की तरफ़ देखा, लेकिन हम इस तरह आगे बढ़ गए, जैसे हमें किसी से कोई मतलब ही नहीं है। कम-से-कम उस लड़के से बिलकुल नहीं है और बिना कोई पूछताछ किए वापस लौट आए।

मुझे भूख लग रही थी। बासे का टाइम हो गया था।

"मैं अब खाना खाऊँगा।"

"कहाँ खाओगे?"

"मारवाड़ी बासे में।" मैंने कहा।

बिनेश को यह बात मालूम थी कि मैं मारवाड़ी बासे में खाता हूँ।

"चलो, तुम आज हमारे यहाँ खाना खाओ।"

वह मेरा साथ नहीं छोड़ना चाहता था। बहुत परेशान लगता था।

"इसका क्या किया जाए?"

"सुनो, ऐसा करें।" मैंने उसे समझाया, "पता नहीं, किस बेचारे का होगा! इसे चलकर वापस कर दें।"

"किसे वापस करोगे?"

"मारवाड़ी बासे के पास ही पुलिस थाना है। वहीं जमा कर देंगे।"

"रहने दो, मुझे वापस नहीं करना है।"

"मैं तो सोचता हूँ, वापस कर देना चाहिए।"

"अच्छा, ठीक है।" लाचार होकर बिनेश ने कहा, "और तुम्हीं बात करना।"

"हाँ-हाँ, मैं बात करूँगा।" मैंने कहा।

"कहना कि यह तुम्हें मिला था। मेरा नाम मत लेना।"

"नहीं लूँगा।" मैंने कहा।

आसपास देखकर उसने चुपके से वह धातु का टुकड़ा मुझे दे दिया।

थाने से हम दोनों बिलकुल नर्वस होकर आए थे। थाने जाने का हम लोगों का यह पहला मौक़ा था। मारवाड़ी बासे में हम दोनों बैठे थे। पच्चीस रुपये महीने में मैं यहाँ चार महीने से खाना खा रहा था। बिनेश से पूछा कि वह खाना खाएगा तो उसने इनकार कर दिया था।

"मुझे तो लगता है, वह ज़रूर सोना है। इंस्पेक्टर ने उसे बाद में उठाकर रख लिया हो!" बिनेश ने कहा।

वह बहुत उदास लग रहा था। खाना खाते-खाते मैं भी यही बात सोच रहा था कि असली सोने की तरह लगता था। पीतल जैसा बिलकुल नहीं था। इंस्पेक्टर ने हम लोगों को बेवकूफ़ समझा था। कहा था कि यह पीतल है और इसे फेंक देना चाहिए। यह कहकर उसने हमारे सामने उस टुकड़े को बाहर फेंक दिया था।

मैंने कहा, "मुझे भी लगता है, वह सोना है। हम जैसे ही वहाँ से गए होंगे, इंस्पेक्टर ने उसे उठाकर रख लिया होगा।"

इसके बाद हम लोग चुप हो गए। किसी ने कोई बात नहीं की। खाना मुझे अच्छा नहीं लग रहा था। बिनेश ने बड़बड़ाकर कुछ कहा था कि मैं बहुत धीरे-धीरे खाना खाता हूँ।

खाना खाकर हम दोनों बाहर निकल आए। कुछ क़दम धीरे-धीरे चले। फिर जल्दी-जल्दी चलने लगे। मोड़ मिला तो चुपचाप थाने की तरफ़ मुड़ गए। बाद में हम फिर धीरे-धीरे चलने लगे थे। दूर से हमने देखा, इंस्पेक्टर अपने काग़ज़ों में व्यस्त था। उसकी ख़ाकी वर्दी दूर से ठीक लग रही थी। पास आते-आते चुभने लगी थी। हम नज़र बचाकर उसके सामने से निकल गए। सड़क के किनारे आकर जिस तरफ़ इंस्पेक्टर ने उस टुकड़े को फेंका था, इधर-उधर ढूँढ़ने लगे। कुछ देर बाद, शायद बहुत थोड़ी देर बाद, हम दोनों ने साफ़-साफ़ देखा कि नाली के बिलकुल किनारे पर वह टुकड़ा पड़ा था—सोने की तरह एक टुकड़ा।

हम लोगों ने एक-दूसरे की तरफ़ देखा। फिर लौट पड़े। वह टुकड़ा वहीं पड़ा रहा। मोड़ पर आकर जब बिनेश अपने घर की तरफ़ जाने लगा, तो मैंने पूछा, "कल सुबह कॉलेज जाओगे?"

"नहीं।"

"क्यों?" मैंने पूछा।

बिनेश ने कुछ नहीं कहा।

वह मेरी तरफ़ नहीं देख रहा था। मेरे गन्दे कपड़े वह पहने था। वह चला गया।

[*मध्यप्रदेश सन्देश,* 1958]

पेड़ पर कमरा

शुरू-शुरू के कुछ दिनों तक उसे यह महसूस हुआ था कि कमरे में बहुत चूहे हैं। पहले दो-चार दिन उसने ऊपर बल्लियों में उनकी भागने की आवाजें सुनीं। फिर बल्लियों से झाँकते हुए उनके चेहरे देखे। ये चेहरे बिलकुल चूहों के जैसे थे। जब उसने उनकी बालदार पूँछ देखी तब जाना कि ये तो गिलहरियाँ हैं और गिलहरी और चूहों के चेहरे में बहुत थोड़ा अन्तर होता है। इसके बाद वह निश्चिन्त हो गया था।

उसका कमरा मकान की दूसरी मंज़िल पर था। खिड़की, जो मकान के पिछवाड़े की तरफ़ खुली थी, केवल एक ही थी। उसमें पलड़ा इत्यादि कुछ भी नहीं था। खिड़की से सटी हुई पीपल की एक मोटी शाख़ा थी। थोड़ी दूर पर गन्दे नाले के किनारे इसी शाख़ा का एक पुराना पेड़ था। नाले के उस पार भी जो मकान थे, उन सबकी पीठ गन्दे नाले की तरफ़ थी।

काफ़ी दिनों बाद उसे लगा था कि गिलहरियाँ शायद पालतू हो जाएँ। जब वह बिस्तर पर लेटा होता या पड़े-पड़े कुछ सोचता रहता, तब कोई गिलहरी उसकी टेबिल या पेटी तक आती। टेबिल से खाट का अन्तर शुरू से क़रीब बित्ते भर का था। बाद में उसने खाट को टेबिल से बिलकुल सटा लिया था। उसकी इच्छा थी कि वह कमरे में घूमे-फिरे, अपना काम करे। गिलहरियाँ भी कमरे में रहें। डरें नहीं। कभी उसकी जेब में घुस जाएँ। तकिए के पास सिरहाने सटी बैठी रहें। कन्धे पर चढ़

जाएँ, इत्यादि। कमरे में एक साथ तीन से ज़्यादा गिलहरियाँ उसने नहीं देखी थीं। उसे मालूम नहीं था कि पीपल पर कुल कितनी गिलहरियाँ हैं। यदि किसी को यह पता होता तो वह उससे ज़रूर पूछता।

वह कमरे में घुसते ही घबरा गया। कारण यह था कि खिड़की के चौखटे पर अन्दर की तरफ़ एक चील बैठी हुई थी, और दरवाज़ा खुलते ही फड़फड़ाकर खिड़की से बाहर निकल गई थी। कव्वा, तोता या कोई बहुत ही ख़ूबसूरत चिड़िया होती तो वह चौंकता भी नहीं। अपनी तीस साल की उम्र में उसने पहली बार चील का कमरे के अन्दर होना देखा था। इसके पहले उसने इस बात की कल्पना भी नहीं की थी। उसे डर गिलहरी का था। चील गिलहरी पकड़ने कमरे में आई हो! इतमीनान के लिए उसने खाट के नीचे, इधर-उधर कोने में देखा। इसके बाद उसने तय किया कि कल मकान मालिक से कहकर खिड़की में पलड़ा लगवा लेगा। उसके ख़याल में मकान मालिक दयालु था। वह खाट पर लेट गया था।

खाट पर लेटने से खिड़की से सटी पीपल की हरी-भरी शाख़ दीखती थी। जब शाख़ थोड़ी भी नहीं हिलती, यहाँ तक कि एक पक्षी भी नहीं हिलता, तब शाख़ को लगातार देखते रहने से दो-तीन बार उसे लगा था कि कमरा भी पीपल के पेड़ पर बना है। उसे रहते हुए यहाँ क़रीब पाँच महीने हो गए थे। इस बीच शाम को थककर सीढ़ियाँ चढ़ते हुए केवल एक बार उसे लगा था कि वह पीपल के पेड़ पर चढ़ रहा है, जबकि उसे पेड़ पर चढ़ना नहीं आता था। हो सकता है, तब वह दुखी हो या उसका पेट ख़राब रहा हो! बहुत ऊँचे पर किसी कोने में वह रहे, यह बात उसे पसन्द थी। क्योंकि वहाँ वह अपने-आपको सुरक्षित पाता था। वह सोचता था कि उसका बाप या उसकी बहनें, या उसके दोस्त

इस कमरे तक नहीं आ सकते। जब से वह यहाँ था, तब से, उससे कोई मिलने नहीं आया। लेकिन उसे शंका थी कि शायद उसका छोटा भाई कभी आ जाए। उसका छोटा भाई पढ़ाई छोड़कर नौकरी करना चाहता था, यह बात उसे पसन्द नहीं थी। बाहर काम पर जाने के लिए कमरे में ताला लगाते समय प्राय: उसके मन में यह बात होती, जैसे वह कमरे के हाथ-पैर बाँध रहा हो! वैसे उसके साथ-साथ सीढ़ियों से कमरा भी उतर जाए, ऐसी कोई सम्भावना नहीं थी। बड़ी मुश्किल से यह कमरा मिला था। वह नहीं चाहता था कि किसी बहुत ऊँचे पर बने किराए के कमरे में ताला लगाते समय उसका छोटा भाई भी इसी तरह की कोई बात सोचे।

सुबह-सुबह वह मकान मालिक के घर गया। उसने आवाज़ दी तो उसी वक़्त एक दुबले-पतले-से आदमी ने दरवाज़ा खोला। वह शायद नौकर आदमी था। उसके आवाज़ देते ही दरवाज़ा खुल गया था, जैसे वह नौकर आदमी अन्दर दरवाज़े से सटा हुआ खड़ा था!

नौकर आदमी ने फुसफुसाकर कहा, "धीरे बोलिए, मकान मालिक सो रहे हैं।"

दरवाज़ा फिर बन्द हो गया था। दरवाज़ा बन्द कर नौकर आदमी कहीं चला गया या वहीं खड़ा रहा, इसका चाहकर भी अन्दाज़ नहीं लगा पाया। चलने से आवाज़ होगी इसलिए हो सकता है, वह वहीं खड़ा रह गया हो! वह मकान के सामने टहलता रहा। थोड़ी देर बाद ही दरवाज़ा फिर खुला।

"ज़रूरी काम है?" वही नौकर आदमी था।

"ज़रूरी काम तो है।" परेशानी से उसने जवाब दिया।

"आइए।"

नौकर आदमी के साथ-साथ एक बड़े कमरे में आकर वह खड़ा

हो गया था। कमरे को वह ठीक से देख भी नहीं पाया था कि मकान मालिक आ गया।

"कहिए?"

"मैं चाहता हूँ, मेरे कमरे की खिड़की में कल पलड़ा लग जाए।"

"कोई ख़ास बात है?" मकान मालिक ने पूछा।

"ख़ास बात तो नहीं है। पीपल की वजह से चील-कव्वे कमरे के अन्दर घुस आते हैं। और बाक़ी ठीक है।" वह जानबूझकर गिलहरी वाली बात छुपा गया था। "दो आड़ी लकड़ियाँ आप खिड़की पर लगा दीजिए, या कोई छोटी-सी हंडी रँगकर उसमें आदमी का चेहरा बना दीजिए और खिड़की पर रख दीजिए। जब आप कमरे में नहीं होंगे तब भी 'कमरे में कोई है' सोचकर कोई जानवर नहीं आएगा।"

"क्या आप चील-कव्वे से डरते हैं?" मकान मालिक मुस्कुरा रहा था। न भी मुस्कुरा रहा हो।

"जी नहीं। पीपल की शाख़ जो खिड़की से लगी हुई है, उससे परेशानी होती है। देखिए, परसों कमरे में गिरगिट आ गया था। लाल रंग का उसका चेहरा था। मैं किताब उठाने लगा तो अचानक भाग गया था। मेरी दो उँगलियाँ उससे छू गई थीं। सुना है, बहुत ज़हरीला होता है।" उसने यह झूठ कहा था। केवल अन्दाज़ से ही कहा था कि गिरगिट ज़हरीला होता है। किसी से सुना नहीं था।

"दिखलाइए, कौन-सी उँगलियाँ थीं?" मकान मालिक गम्भीर था।

"ये देखिए," उसने दाहिने हाथ के अँगूठे के बाद की उँगलियों को हवा में तानते हुए कहा। बची हुई दूसरी उँगलियाँ उसने आपस में बाँध ली थीं।

"ठीक है। मैं कल पलड़े लगवा दूँगा। आज भर आप और सावधानी से रह लीजिए।"

दोनों चुपचाप खड़े रहे। मकान मालिक कमरे में कुछ ढूँढ़ने लगा

था। उसके मन में एक शंका उठी कि पलड़ा लग जाएगा तो गिलहरियाँ भी अन्दर नहीं आ सकेंगी। वह चाहता था, चील-कव्वे न आएँ, गिलहरी आती रहें। विचार आया, पास-पास लोहे के सीखचे लगवा ले।

"देखिए, पलड़े मत लगवाइए। पास-पास लोहे के सीखचे लगवा दीजिए।"

मकान मालिक ने उसकी तरफ़ देखा। मकान मालिक को उसका चेहरा बहुत मुरझाया-सा लग रहा था।

"सीखचे?"

"सीखचों की वजह से चील-कव्वे अन्दर नहीं आएँगे। बार-बार खिड़की खोलने और बन्द करने की झंझट भी नहीं रहेगी।"

"अभी घर में कहीं लकड़ी का तख़्ता पड़ा होगा। पलड़ा पहले लगवा देते हैं, फिर कभी सीखचे भी लगवा देंगे।"

"क्या पहले सीखचे नहीं लग सकते? पलड़े बाद में लगवा दीजिएगा।" वह काफ़ी दयनीय हो गया था।

"आप कैसी बातें करते हैं?" मकान मालिक ने झल्लाकर कहा, "आपको गिरगिट से डर लगता है, सीखचों से तो साँप भी अन्दर आ सकता है। क्या पेड़ में साँप नहीं रहते?"

वह लौट आया। लौटते हुए सड़क के कुछ मकानों की आसानी से दिख गई खिड़कियों की तरफ़ उसने ध्यान दिया था कि उनमें सीखचे लगे हुए हैं या नहीं। सड़क के किनारे लगे हुए उसने दो-तीन शीशम के पेड़ भी देखे थे। यद्यपि शीशम के पेड़ बहुत थे। केवल एक शीशम के पेड़ पर उसे एक कव्वा बैठा हुआ दिखा था। सड़क पर बहुत भीड़ थी और मोटरगाड़ियों का लगातार आना-जाना हो रहा था। शायद इन्हीं कारणों से और ज़्यादा मकानों की खिड़कियों और शीशम के पेड़ों पर उसका ध्यान नहीं गया था।

जैसीकि उसे उम्मीद थी, उसने देखा, जूते के पास एक छोटी-सी गिलहरी बैठी हुई थी। दरवाज़ा उसने हल्के से खोला था फिर भी गिलहरी चौंक गई थी। दरवाज़े के पास चप्पलों से अपने पैरों को निकालकर वह अन्दर घुसा। लेकिन गिलहरी इधर-उधर झटके से सिर हिलाकर कूदी और खिड़की से भागकर पेड़ पर चली गई। वह तेज़ी से खिड़की के पास आया। झाँककर देखा तो गिलहरी नहीं दिखी। वह पूरा पेड़ देखता रहा। पेड़ की शाख़ा को देखते हुए उसने अन्दाज़ लगाया कि कोई साँप शाख़ा के ज़रिये कमरे तक आ सकता है या नहीं। उसे इसका अन्दाज़ नहीं हुआ। शाम का वक़्त था। उसने हाथ बढ़ाकर एक हरा पत्ता तोड़ा। पत्ते के दो आधे टुकड़े किए। एक टुकड़े को लपेटकर उसकी पोंगली बनाई। दो-तीन बार फूँककर उसे बजाने की कोशिश की। पर उससे बना नहीं। उसके छोटे भाई से यह सब बन जाता था। उसकी इच्छा हुई कि अपने छोटे भाई का नाम फुसफुसाकर बोले और ख़ुद सुने कि कैसा लगता है। खिड़की से हटकर चप्पल पहनने वह दरवाज़े तक गया और फुसफुसाकर 'सद्धन, सद्धन, सद्धन' तीन बार कहा और उसे सुना। अन्दर से उसने दरवाज़ा बन्द कर लिया था।

खाट पर वह लेट गया था। थोड़ा अँधेरा था। उसने बिजली जला दी थी। पीपल की शाख़ा का थोड़ा हिस्सा और थोड़े-से पत्ते दिख रहे थे। कुछ पत्ते कभी-कभी हिल जाते थे। पेड़ से कव्वों की काँव-काँव की आवाज़ आ रही थी। जैसे पड़ोस के कमरे से आ रही थी। लेकिन पड़ोस में कोई दूसरा कमरा नहीं था। शाख़ा की छोर में एक अकेला उसी का कमरा जैसे फैला हुआ था।

अचानक बल्ब धीरे-धीरे धीमा होने लगा और उसी अनुपात में कमरे का प्रकाश भी कम हो रहा था। उसे लगा कि कमरा कहीं

पंक्चर हो गया। जैसे पंक्चर हुए ट्यूब से हवा निकलती है, उसी तरह प्रकाश भी घटता जा रहा था। वह उठा। छत पर आया और कै करने लगा।

किसी के दरवाज़ा खटखटाने से दरवाज़ा खोलकर वह बाहर आया। वही नौकर आदमी खड़ा था। उसके पीछे-पीछे एक बूढ़ा कारीगर था। उसके बाएँ कन्धे पर दो लकड़ी के तख़्ते थे और दाहिने हाथ में बोरे का गन्दा झोला था। झोले में औज़ार होंगे।

"क्या पलड़े लगेंगे?" उसने पूछा।

"मकान मालिक ने कहा है।" नौकर आदमी ने कहा।

"लेकिन मैं तो अभी दफ़्तर जाऊँगा।"

"दो-तीन घंटे का काम है। अभी हो जाता है।" नौकर आदमी ने बूढ़े कारीगर की तरफ़ देखकर कहा।

बूढ़ा कारीगर बैठे-बैठे झोले से एक-एक औज़ार बाहर निकालने लगा था।

"सीखचे नहीं लगेंगे क्या?"

"मकान मालिक ने तो कुछ कहा नहीं है।" नौकर आदमी ने कहा।

"मैं पलड़े नहीं लगवाना चाहता।"

"आप जानें।" नौकर आदमी ने चिढ़कर कहा।

बूढ़े कारीगर ने झोले से औज़ार निकालना बन्द कर दिया था। दो-तीन औज़ार झोले में और होंगे।

"ठहरो। मैं मकान मालिक से बात करके आता हूँ।" उसने कहा।

नौकर आदमी कुछ बड़बड़ाने लगा था। बूढ़ा कारीगर भी कुछ चिढ़ा हुआ था। झट से वह कपड़े पहनकर आया। बाल उसने सँवार लिये थे। कमरे में उसने ताला लगाया। बूढ़ा कारीगर औज़ारों को झोले के अन्दर रख चुका था।

"हम लोग यहीं बैठे हैं।" नौकर आदमी ने कहा जो तख़्ते के ऊपर बैठा हुआ था।

"तुम लोग भी चलो।" उसे शंका थी कि शायद ये लोग ज़बर्दस्ती ताला तोड़कर खिड़की में पलड़ा लगा दें।

आगे धीरे-धीरे बूढ़ा कारीगर उतर रहा था। बीच में वह था। पीछे नौकर आदमी था। लकड़ी का तख़्ता वहीं छत पर था।

"ठहरो!" उसने कहा।

तीनों सीढ़ियों पर ठहर गए।

"तख़्ता तो छत पर रह गया है।" उसने चिन्ता प्रगट की। नौकर आदमी की तरफ़ घूमकर उसने कहा था।

"फिर ले लेंगे। शायद पलड़ा लगवाना पड़े।"

"यहाँ से कोई उठा ले जाएगा," कहकर उतावली में वह एक सीढ़ी ऊपर चढ़ गया, लेकिन नौकर आदमी वहीं खड़ा रहा।

"कोई नहीं ले जाएगा।" नौकर आदमी ने कहा।

इसके बाद तीनों सीढ़ियाँ उतर गए।

उसे मकान मालिक मिला नहीं। उस दिन वह दफ़्तर नहीं गया। कमरा ख़ाली कर धर्मशाला चला गया। सामान ज़्यादा नहीं था। खाट और टेबिल मकान मालिक के थे।

शहर की किसी बहुत अन्दर की गली में दो कमरे बहुत सस्ते में लेकर वह रह रहा था। नई जगह होने से कुछ दिनों तक उसका मन नहीं लगा। जब चूहों की खटपट होती तो उसे गिलहरियाँ याद आतीं। वह प्राय: किसी चिड़ियाघर के सपने देखा करता था। काफ़ी दिनों बाद वह अपना पुराना कमरा देखने गया। उन्हीं सीढ़ियों पर चढ़ते हुए वह भावुक हो गया था और उसे घर की याद आने लगी थी। लेकिन उसे ऐसा नहीं लगा कि वह पीपल के पेड़ पर चढ़ रहा है। कमरा अन्दर से बन्द था।

उसने दरवाज़ा खटखटाया। दरवाज़ा खुला। अन्दर दरवाज़े के पास एक बुज़ुर्ग आदमी खड़ा था। उसके बाप के इतना ही वह बूढ़ा था। क्षण-भर के लिए उसे लगा कि वह उसका बाप ही है।

"कहिए?" बुज़ुर्ग ने कहा।

"माफ कीजिए, पहले मैं इसी कमरे में रहता था।" अन्दर झाँकते हुए उसने कहा।

"ओह, आइए! आपने क्यों छोड़ दिया था यह कमरा? अच्छी जगह मिल गई होगी?" अन्दर आने के लिए बुज़ुर्ग ने जगह दी।

दोनों अन्दर खड़े थे। उसने देखा, खिड़की में सीखचे और पलड़े लग गए थे। खिड़की खुली हुई थी।

"क्या आप खिड़की हमेशा खुली रखते हैं?"

"जी हाँ। यहाँ बारिश में सड़ी गर्मी पड़ती है।"

"कमरे में गिलहरियाँ भी आती होंगी, पीपल की शाख़ा है इसलिए।" दोनों खिड़की की तरफ़ देख रहे थे।

"जी। मुझे यहाँ बारह-तेरह रोज़ हो गए। मैंने यहाँ अभी तक गिलहरी नहीं देखी। इस कमरे में चूहे अवश्य हैं।" ऊपर बल्लियों की तरफ़ देखते हुए बुज़ुर्ग ने कहा।

"शुरू-शुरू में मुझे भी यही लगा था।" ख़ुश होकर उसने कहा। "जिन्हें आप चूहे समझते हैं, वे गिलहरियाँ हैं। आपसे हिल जाएँगी तो आपको दिखेंगी। मुझे आश्चर्य है कि वे अभी तक आपसे हिलीं नहीं। जब मैं था तब इतने दिनों में वे इस टेबिल पर बैठ जाती थीं और बिस्तर पर लेटे-लेटे मैं उन्हें देख लेता था। वे डरती थीं। मैं टेबिल आधी खिड़की से सटाकर रखता था। खाट टेबिल से सटी रहती थी।" एक साँस में वह बोल गया।

"आप अपने कपड़े कहाँ टाँगते थे?" बुज़ुर्ग ने पूछा।

"यहाँ, जहाँ आपकी कमीज़ टँगी है। ये कीलें मैंने ही गाड़े थे। इस

तरफ़ के कीलें किसने गाड़े हैं, यह मुझे नहीं मालूम।"

"फिर आपने कमरा क्यों छोड़ दिया था?"

"तब इस खिड़की में सीखचे और पलड़े नहीं लगे थे। कमरे के अन्दर कभी चील, कभी कव्वे घुस आते थे। क्यों साहब, इस पीपल की शाख़ा से कमरे में क्या साँप भी आ सकता है?"

"जी नहीं। मुझे तो ऐसा नहीं लगता।"

"साँप पेड़ों में रहते तो ज़रूर हैं?"

"जी हाँ। मैंने भी सुना है।"

"मतलब यह कि आपको यहाँ कोई परेशानी नहीं है?"

"चढ़ने-उतरने में थोड़ी तकलीफ़ होती है। इसके सिवाय मुझे कोई परेशानी नहीं है।"

उसने देखा, बारिश की वजह से भरा हुआ नाला एक छोटी नदी लग रहा था।

कोई बदबू भी नहीं आ रही थी। यह कमरा उसे और भी अच्छा लगने लगा था।

"आप कब तक यहाँ और रुकेंगे?"

"महीने-दो महीने का काम है। फिर मैं यहाँ से अपने शहर चला जाऊँगा।"

"मैं चाहता था, आपके जाने के बाद मैं फिर इस कमरे में आ जाऊँ।"

"जी हाँ। यह कमरा बहुत अच्छा है। इत्तफ़ाक से मुझे मिल गया था।"

"मुझसे कोई मिलने तो नहीं आया था?"

"मेरे रहते तो कोई नहीं आया।"

बुज़ुर्ग को कुछ पूछने-ताछने का मौक़ा दिये बिना नमस्कार कर वह चला आया। उसे यह कमरा छोड़ देने का अफ़सोस हो रहा था। वह

सीधे मकान मालिक के पास गया। मकान मालिक उसके बारे में क्या सोचेगा, इस बात की उसने परवाह नहीं की। मकान मालिक उसे भूला नहीं था। शायद उससे ख़ुश भी था।

"मैं उस कमरे में फिर से आना चाहता हूँ। मुझे दुःख है कि मैंने ग़लती की। कमरा जब ख़ाली हो तो मुझे कृपा कर सूचना दे दें।"

"मैंने तुम्हारे लिए ही खिड़की में पलड़े और सीखचे लगवाए हैं।"

"जी हाँ, मैं जानता हूँ। किराया आप उतना ही लेंगे?"

"हाँ-हाँ, किराया मैंने बढ़ाया नहीं है।"

अन्दर गली की तरफ़ घुसते हुए उसे ध्यान आया कि उसने मकान मालिक को अपने घर का पता नहीं बताया है। वह पलटा तो दूर से उसे नौकर आदमी आता हुआ दिखाई दिया। उसने सोचा कि नौकर आदमी उसका पीछा कर रहा है। मकान मालिक ने कहा होगा। पता नहीं क्यों, उसे घबराहट हो गई थी। वह अपने घर की तरफ़ नहीं गया, दूसरी ओर मुड़ गया।

दुबारा लौटकर वह पीपल के पेड़वाले कमरे में कभी नहीं गया। हो सकता है, उसे डर हो कि कमरे के अन्दर साँप आ जाएँ! वह मरना नहीं चाहता था। उसके मरने के बाद उसके परिवार की क्या हालत होगी, इस बात की उसे कल्पना थी। चौबीसों घंटे वह खिड़की के पलड़े बन्द नहीं रख सकता था। गिलहरी के पालतू हो जाने की उसे पूरी उम्मीद थी।

[*अणिमा प्रवेशांक*, 1965]

भीड़ का फ़ालतू वक़्त

"ठहरिए, आप लोग सब ठहरिए! यहाँ से कोई नहीं जाएगा।"

नई-नई सुधरी हुई सड़क किनारे एक कोलतार का ख़ाली ड्रम उलटा हुआ रखा था। ड्रम के नीचे एक ख़तरे का लाल झंडा पड़ा हुआ था। आज ही इस सड़क पर फिर से आना-जाना शुरू हुआ था। सड़क पर ज़्यादा भीड़ नहीं थी। थोड़े लोग ही थे। वह ड्रम पर चढ़कर खड़ा हो गया था। एक साफ़-सुथरे पढ़े-लिखे-से दिखनेवाले आदमी को इस तरह ड्रम पर खड़े होकर चिल्लाते देखकर प्रायः सभी धीरे-धीरे उसके पास आकर रुक गए थे। सड़क के दूसरे किनारे से एक व्यक्ति माथे पर तिलक लगाए, कमीज़-पतलून पहने, क्षण-भर ठिठककर आगे बढ़ने लगा था। वह पंडितनुमा आदमी था।

"पंडित, ठहर जा!" उसने क्रोध से चिल्लाते हुए कहा।

जो लोग उसे घेरकर खड़े हो गए थे, वे सब पीछे मुड़कर देखने लगे कि इनमें पंडित कौन है, किसे कहा जा रहा है? पंडित रुका नहीं। वह आगे बढ़ता रहा।

यह देख ड्रम पर खड़े आदमी ने लोगों से इस तरह कहा, "भाइयो, वह आदमी रुक नहीं रहा है। आप लोग मिलकर उसे रोकिए।"

लोग एक-दूसरे को ठेलते हुए पंडित की तरफ़ दौड़े। पंडित लोगों को अपने पीछे आता देख चलना छोड़ तेज़ी से दौड़ने लगा। यही कि

जाने क्या बात होगी! आख़िर वह तेज़ दौड़नेवाले लड़कों के द्वारा पकड़ लिया गया। उसे इस तरह लाया जा रहा था जिससे वह छूटकर भाग न जाए। दो लड़के पंडित को पकड़े हुए थे। पंडित को आगे खींचकर सब ड्रम को घेरकर खड़े हो गए थे।

एक अधेड़ औरत चश्मा लगाए, हाथ में झोला लिये कहीं से आकर भीड़ के पीछे चुपचाप सिकुड़कर खड़ी हो गई थी। वह किसी प्राइमरी स्कूल की बड़ी मास्टरनी होगी। किसी ने इसकी तरफ़ ध्यान नहीं दिया था। सबका ध्यान ड्रम पर खड़े हुए व्यक्ति और पंडितनुमा आदमी पर था।

ड्रम पर खड़े हुए व्यक्ति की सफ़ेद धुली कमीज़ बाँह तक मुड़ी हुई थी। उसके दाहिने हाथ में दो सोने की अँगूठियाँ थीं। जब वह हाथ ऊपर उठाता तो धूप में ये अँगूठियाँ चमक उठती थीं।

"मेरा जूता मुझे काटता है और मैं नंगे पैर नहीं चल सकता।" धूप में अँगूठियाँ चमकीं।

"तो हम क्या करें?" खीजकर पंडित ने कहा और लड़कों से अपनी बाँह छुड़ाने की कोशिश करने लगा। लेकिन उसे बाहर निकलने नहीं दिया गया। "तुम मुझे जाने क्यों नहीं देते?" रुआँसा होकर पंडित ने कहा।

"आपको इनकी बात सुननी पड़ेगी।" एक लड़के ने कहा जो पंडित का दाहिना हाथ पकड़े हुए था।

यह लड़का कुर्ता-पाजामा पहने हुए था और इसकी बड़ी-बड़ी आँखें थीं। कोई बहुत भला और गम्भीर लड़का मालूम हो रहा था।

"मैं कह रहा था, मेरा जूता मुझे काटता है। मैं नंगे पैर चल नहीं सकता।" ड्रम पर खड़े व्यक्ति ने फिर चिल्लाकर कहा।

"आख़िर हम लोग क्या कर सकते हैं?" एक ने सहानुभूति से पूछा।

"मेरे पैरों में छाला पड़ गया है। मुझे बहुत दूर जाना है। बतलाइए, मैं क्या करूँ?"

"बेचारा! आपका जूता नया होगा। कुछ दूर चलिए, पुराना हो जाएगा तो नहीं काटेगा।"

ज़ोर की ज़नाना आवाज़ सुनकर लोग पीछे मुड़कर देखने लगे। सबने देखा, पीछे एक अधेड़ औरत हाथ में झोला लिये खड़ी है। और उसी वक़्त उसके आगे आने के लिए लोगों ने अदब से जगह बना दी।

अपनी चौड़ी किनार की सफ़ेद साड़ी को सिकोड़ते हुए वह घुसती हुई आगे निकल आई। भीड़ के किसी भी आदमी को उसका कोई अंग छुआ नहीं गया था।

"जी नहीं, मेरा जूता नया नहीं है। जाने क्या बात है, इसके पहले मुझे कभी नहीं काटा।" उसने जवाब दिया।

"मुझे जाने दीजिए।" पंडितनुमा आदमी ने खीजते हुए कहा।

इस पर किसी ने ध्यान नहीं दिया।

"क्या आप इस अभी-अभी बनी हुई सड़क पर चले थे?" एक ने पूछा, जो मरियल-सा दुबला-पतला आदमी था।

"जी हाँ, मैं इस पर आधा फर्लांग चलकर वापस लौटा हूँ। चलने से बहुत तकलीफ़ होने लगी थी।"

"यही बात है, यही बात है!" मरियल-से आदमी ने कहा, "क्या हुआ, आपका जूता पुराना है। हो सकता है, नई-नई सड़क पर चलने से आपका जूता काटता हो!"

"हो सकता है।" ड्रम पर खड़े व्यक्ति ने असहाय होकर कहा।

"मेरा भी जूता पुराना है। यह मुझे क्यों नहीं काटता है?" एक बुज़ुर्ग ने कहा।

"आप इस नई सड़क से नहीं आए हैं, दूसरी तरफ़ से आए हैं। मेरे आगे-आगे आप थे। मैंने आप पर ध्यान दिया था। क्योंकि आप चलते-चलते दाहिना हाथ मटकाते थे। यह आपकी आदत होगी। नई सड़क तो यहाँ से शुरू होती है, जहाँ हम खड़े हैं।" अधेड़ औरत बड़ी तर्रार थी।

इतने में किसी और ने कहा, "मैं भी इसी सड़क से आया हूँ, मुझे तो कोई तकलीफ़ नहीं हुई!"

भीड़ में सन्नाटा खिंच गया।

"पर तू चप्पल पहना है। हो सकता है, जूता काटता हो, चप्पल न काटती हो!" उसके पास खड़े एक व्यक्ति ने कहा जो उसका साथी था।

कुछ लोगों ने चप्पल पहने हुए आदमी के पैरों की तरफ़ देखा।

"चप्पल काटती है, यह मैंने आज तक नहीं सुना है।" दूसरे ने कहा।

"क्यों न इसकी जाँच कर ली जाए? कोई जूता वाला आदमी इस नई सड़क पर चले और सब लोग देखें कि जूता उसे काटता है या नहीं।" एक लड़के ने कहा।

एक की नज़र पंडित के पैर पर गई। उसने चिल्लाकर कहा, "यह आदमी जूता पहने है।"

"मैं नहीं चलूँगा।" पंडित ने कहा।

लड़कों ने पता नहीं कब पंडित का हाथ छोड़ दिया था। अब फिर मज़बूती से उसका हाथ पकड़ लिया।

चार-पाँच व्यक्ति और थे जो जूता पहने हुए थे लेकिन कोई भी उस सड़क पर चलने के लिए तैयार नहीं हुआ।

"अब मैं कैसे जाऊँगा?" बहुत उदास होकर ड्रम पर खड़े व्यक्ति ने कहा। "मुझे बहुत दूर जाना है। यह सड़क क़रीब चार मील है।"

"क्या आप दूसरी तरफ़ से घूमकर नहीं जा सकते?" अधेड़ औरत की आँखें छलछला आई थीं। उसने चश्मा उतार लिया था।

"आप क्या बात करती हैं! उस तरफ़ जाने के लिए कोई और सड़क नहीं है।" झिड़ककर गम्भीर-से दिखनेवाले लड़के ने कहा।

"मैं क्या जानूँ! मैं यहाँ नई-नई बदली होकर आई हूँ। इस शहर को मैंने ठीक से देखा भी नहीं है। अभी तक रहने के लिए मुझे सस्ती

जगह नहीं मिली। मैं क्या करूँ?"

"इस शहर में जीना सचमुच मुश्किल है।" एक ने कहा।

"क्या आपका कोई लड़का नहीं है? आप कहाँ तक भटकेंगी!" दूसरे ने कहा।

"जी नहीं, मेरा कोई लड़का नहीं है। एक लड़की है, उसकी शादी हो गई है। उसका पति भी उसे बहुत दु:ख देता है।"

"और आपका पति?" पंडितनुमा व्यक्ति ने कहा।

"उनकी चार साल पहले मृत्यु हो गई।" और वह अधेड़ औरत, जो लड़के के झिड़के जाने से उदास हो गई थी, फफक-फफककर रोने लगी।

उसके रोने से भीड़ में आपस में इस तरह की फुसफुसाहट होने लगी :

"क्यों जनाब, आपकी नज़र में कोई मकान है?"

"बेचारी का पति मर गया। बुढ़ापे में बहुत तकलीफ़ होगी।"

"एक आध लड़का भी होता तो ठीक था।"

"एक मकान है लेकिन इस बेचारी के लायक़ नहीं है।"

वह उसी तरह रो रही थी। ड्रम पर खड़े व्यक्ति की तरफ़ किसी का ध्यान नहीं था। आख़िर उसने क्रोध से चिल्लाकर कहा, "भाइयो, मुझे चार मील पैदल इस सड़क पर चलना है। मैं रिक्शा-ताँगा लेना नहीं चाहता। यह जूता मुझे काटता है।"

भीड़ फिर चुप हो जाती है।

"अभी आप अपनी बात तो रहने दीजिए।" पंडितनुमा व्यक्ति ने कहा।

"मुझे जल्दी बता दीजिए, क्या करना है।" निरुपाय होकर ड्रम पर खड़े व्यक्ति ने कहा।

"चलो, इनकी बात पहले सुन लें।" अधेड़ औरत ने रोना अब बन्द कर दिया था।

आप अपना जूता निकालकर रख लें और नंगे पैर चलें।" एक ने फिर सुझाव दिया।

"चार मील पैदल कैसे चलेगा? उसने कहा नहीं था कि उसके पैर में छाले पड़ गए हैं?" दूसरे ने कहा।

"क्या आपके पैर में छाले हैं?" पंडितनुमा आदमी ने अविश्वास से कहा, "हमें दिखलाइए।"

ड्रम पर खड़े-खड़े जूते पैर से निकालते हुए वह कुछ डगमगा गया था। लेकिन दोनों हाथों को हवा में फैलाकर उसने अपने-आपको सन्तुलित किया। उसने कराहा था। शायद पैर के छाले दु:ख गए होंगे। जूता तंग होता था। लोगों ने देखा, उसके दोनों पैरों में अँगूठों के पास एक-एक बड़ा छाला उभर आया था।

"उफ!" छाले को देखकर बहुतों ने कहा। अधेड़ औरत ने सबसे पहले कहा।

"आपने किस दुकान से इसे ख़रीदा था?" एक लड़के ने क्रोधित होकर कहा।

"जूतों के लिए सबसे अच्छी दुकान रामचन्दानी की है।" एक बुज़ुर्ग ने कहा।

"जी नहीं। मेरा ख़याल है, लालजीराव जी की सबसे अच्छी दुकान है। वहाँ जूते सस्ते और उचित दाम में मिलते हैं। मेरे जूते को चार साल हो गए, देखिए, कुछ भी नहीं बिगड़ा है।" एक ने कहकर बाएँ पैर के घुटने पर दाहिना पैर उठाकर इस तरह अटकाया जिससे जूते का तला दिखाई दे सके।

आसपास के लोगों ने झुककर उसके तले को देखा। तला बहुत थोड़ा घिसा था।

"वाह, साहब, मान गए!" एक ने कहा।

यह सुनकर कुछ लोग उसके पास खिंच आए। उनमें से एक ने

स्वाभाविक उत्सुकता से कहा, "दिखलाइए, मैं देख नहीं पाया।"

दुबारा पैर उठाकर उसने जूते का तला दिखलाया। अधेड़ औरत की भी देखने की इच्छा थी पर बेचारी देख नहीं पा रही थी।

"झूठ बोलता है। चार साल में केवल इतना तला घिसा जितना दो दिन पुराने जूते का घिसता है।" पंडितनुमा आदमी ने कहा।

"लालजी की दुकान का कोई एजेंट होगा।" नाक सिकोड़कर अधेड़ औरत ने कहा।

"मुझे लगता है, ड्रम पर जो आदमी खड़ा है, वह भी लालजी की दुकान का कोई एजेंट है।" बुज़ुर्ग व्यक्ति ने कहा।

"लेकिन उसके पैर में छाला कैसे आया?" अधेड़ औरत ने कहा।

"आग से या किसी दवा से जला लिया होगा।" पंडितनुमा व्यक्ति ने कहा।

और भीड़ इस तरह आपस में बात करने लगी :

"आजकल तो सब होता है।"

"रंग लगाकर, तेल चुपड़कर पैसे के लिए लोग कोढ़ी बन जाते हैं। ऐसे कोढ़ी कि बिलकुल कोढ़ी।"

"ज़िन्दे सफ़ेद-सफ़ेद कीड़े अपने घावों में चिपका लेते हैं।"

"लेकिन ये कीड़े कहाँ से मिलते होंगे?"

"कहीं से पकड़ लेते होंगे। क्या कीड़ों की कमी है?"

"नहीं साहब, ये गन्दे रहकर अपने घरों की गंदगी में जानबूझकर कीड़े पैदा करते हैं।"

ड्रम पर खड़ा व्यक्ति क्रोध से लाल हो रहा था। जूते उसने फिर से पहन लिये थे। पतलून की जेब के अन्दर वह अपने हाथ डाले हुए था। यह देखकर एक ने पूछा, "क्यों साहब, आपकी जेब में कीड़े हैं?"

"हाँ।" ड्रम पर खड़े व्यक्ति ने कहा, "और मैं आप सब लोगों के ऊपर इन्हें फेंकूँगा। मेरी दोनों जेबों में कीड़े भरे हैं।"

यह सुनकर भीड़ में थोड़ी चहल-पहल होने लगी थी।

"नहीं। आप ऐसा मत करिए। मैंने आपकी बात बहुत ध्यान से सुनी है। मुझे आपसे बहुत सहानुभूति है।" अधेड़ औरत ने कहा जो घबरा गई थी।

"नहीं, मैं आप लोगों पर कीड़े फेंकूँगा," कहकर उसने अपनी जेबों से बन्द मुट्ठियाँ निकालकर भीड़ की तरफ़ ज़ोर से फेंका।

उसने कुछ भी नहीं फेंका था लेकिन भीड़ यह सोचकर कि सचमुच वह कीड़े फेंक रहा है, धक्का-मुक्की करते हुए भागने की कोशिश करने लगी।

वह अन्धाधुन्ध जेब से ख़ाली बन्द मुट्ठियाँ निकाल-निकालकर भीड़ की तरफ़ फेंककर भीड़ के ऊपर अपना ग़ुस्सा निकाल रहा था।

पंडितनुमा आदमी जूते पहने नई सड़क पर भागा जा रहा था, उसकी तरफ़ किसी ने ध्यान नहीं दिया था।

इसके बाद ड्रम से उतरकर वह भी भीड़ में शामिल हो गया। भीड़ को जब बाद में पता चला कि वह कीड़े-वीड़े कुछ भी नहीं फेंक रहा था, केवल अपनी परेशानी से त्रस्त था तो भीड़ फिर लौटकर आई। भगदड़ की वजह से अब ज़्यादा भीड़ हो गई थी। एक मोटर रुकी पड़ी थी। जब लोगों ने भोंपू सुना तो मोटर को जाने का रास्ता दिया गया। घूमकर मोटर सुधरी हुई सड़क पर सरसराते हुए निकल गई।

यह देखकर भीड़ को जाने क्या सूझा कि ड्रम को गिरा दिया। दो-चार लोगों ने मिलकर उसे लुढ़काया और सड़क के बीचोबीच सीधा रख दिया।

गम्भीर-से दिखनेवाले लड़के ने ज़मीन पर पड़ा बाँस उठाया जिस पर ख़तरे का लाल झंडा लगा हुआ था। उसे ड्रम के अन्दर इस तरह रख दिया कि झंडा खड़ा रहा।

बुज़ुर्ग-से आदमी ने कहा, "सुधरी सड़क बन्द, वास्ते मरम्मत।"

फिर भीड़ धीरे-धीरे तितर-बितर हो गई। जिस व्यक्ति को जूते ने काटा था, वह लँगड़ाता-लँगड़ाता दूसरी तरफ़ चला गया। एक बन्द दुकान के बरामदे के ऊपर खड़ी अधेड़ औरत ज़ोर-ज़ोर से हाँफते हुए ख़त्म होती भीड़ की तरफ़ देख रही थी। उसने सामने से जाते हुए बुज़ुर्ग आदमी की तरफ़ ध्यान नहीं दिया कि वह हाथ मटका-मटकाकर चलता है। आज के दिन सभी दुकानें बन्द थीं, इसलिए लोग बहुत कम दिखाई दे रहे थे।

[*धर्मयुग,* 1965]

आदमी की औरत

बग़ीचे तक मैं जयनाथ के साथ इस तरह चला था, जैसे जयनाथ के साथ नहीं चल रहा था।

घास पर पहुँचते ही वह एकदम से चित लेट गया, जबकि वह बिलकुल सफ़ेद साफ़ कपड़े पहने हुए था। मेरी वहाँ बैठने की इच्छा नहीं थी। मैं बैठ गया। घास काफ़ी दिनों से काटी नहीं गई थी। बग़ीचा ऐसा था, जैसे बग़ीचे का खँडहर था।

"घर चलो।" मैंने कहा।

"किसके?"

"तुम अपने घर जाओ, मैं अपने घर जाऊँगा।" मैंने कहा।

"ऐसा करें, हम दोनों तुम्हारे ही घर चलें।" जयनाथ ने मुझसे कहा, जैसे हम दोनों के सिवाय एक और तीसरा आदमी है और वह भी मैं ही हूँ।

जयनाथ बग़ीचे की घास को दोनों मुट्ठियों में दोनों हाथ आजू-बाजू फैलाए हुए इतनी ज़ोरों से पकड़े हुए था, जैसे अपने लड़के के बाल बेरहमी से पकड़े हुए हो! लेकिन उसका कोई लड़का नहीं था। वह आकाश की तरफ़ टकटकी बाँधे देख रहा था। यह देख मैंने भी आकाश की तरफ़ देखा कि हमारे ठीक ऊपर ऊँचे में एक चील गोल-गोल चक्कर

लगा रही थी। जयनाथ को लेटा जानकर क्या चील सोच रही होगी कि कोई लाश है, मैंने सोचा। मैं उठकर खड़ा हो गया और चहलक़दमी करने लगा। कारण यह था कि मैं नहीं चाहता था कि चील मेरे बारे में भी कुछ इस तरह की बात सोचे।

"तुमने डॉक्टर से बात की थी?" जयनाथ ने पूछा।

वह मुट्ठियों में उसी तरह घास पकड़े हुए था। घास और बड़ी होती तो लगता, अपनी पत्नी के बाल ज़ोरों से पकड़े हुए हो। उसकी एक पत्नी थी। उसका नाम कृष्णाबाई था।

जयनाथ की पत्नी के दाहिने हाथ पर उसका नाम 'कृष्णाबाई' गोदा हुआ था, जिसे वह मिटवाना चाहता था। पत्नी का रंग गोरा था। इसलिए अक्षर हरे रंग लिये हुए उभरे-उभरे साफ़ दिखते थे। मैंने उसकी पत्नी को कभी नहीं देखा था। पास बिजली के खम्भे पर कटीली हरी बेल को लिपटी देखकर मैंने जान-बूझकर यह तय कर लिया कि खम्भे पर कटीली बेल एक 'कृष्णाबाई' उगा हुआ है। और मुझे उसकी एक पत्ती तोड़कर हाथों में मसलना चाहिए। मैंने हाथ बढ़ाकर बेल की एक हरी पत्ती तोड़ी और हथेली पर एक हरी बूँद निचोड़ी।

"क्या करते हो?" जयनाथ ने पूछा।

"घर चलो, कुछ सोचेंगे। मुझे तुम्हारी बहुत फ़िक्र है।" हथेलियाँ आपस में रगड़ते हुए मैंने कहा।

मैंने देखा, जयनाथ ने मुट्ठी छोड़ी तो दबी पड़ी घास धीरे-धीरे उठने लगी। मैंने एक लम्बी साँस ली। गोया दबी पड़ी घास ने साँस ली। मेरा सारा तनाव कम हो गया था।

"मैं उसका हाथ काट डालूँगा।" जयनाथ ने उठते हुए कहा।

"ठीक है, काट डालना, लेकिन कुहनी से काटोगे या कन्धे से?" कुछ रुककर जल्दी से मैंने कहा।

मेरी बिना परवाह किए वह सड़क की तरफ़ बढ़ने लगा था।

"ठहरो," उसकी पीठ की तरफ़ देखते हुए मैंने कहा।

जयनाथ की सफ़ेद कमीज़ और सफ़ेद पतलून में कुचली घास के दो-चार हरे दाग़ थे। यदि घास लाल रंग की होती तो उसकी पीठ पर लाल दाग़ देखकर मुझे ज़रूर ख़ून के धब्बे की याद आती। मैं ख़ुश हो गया था।

"क्या है?" जयनाथ ने पूछा।

"हाथ क्यों काटोगे, एक तरीका है। तुम ब्लेड से गोदे हुए अक्षर छील सकते हो।"

मुझे लगा, जयनाथ ने इसे ध्यान से नहीं सुना है। सड़क पार करके जाना था। दाहिने तरफ़ से एक बस घरघराते हुए निकल गई। फिर एक ताँगा निकला। बाएँ तरफ़ से केवल दो आदमी पैदल निकले, तब हमने सड़क पार की।

कुछ दूर चलने के बाद मैंने जयनाथ से पूछा, "किस ओर चलोगे?"

"इस तरफ़," सिर झुकाए चलते हुए दाहिने मुड़कर उसने कहा।

अब कुछ दूर पर हमारे सामने एक मैदान के किनारे, तीन बेढंगे पुराने क़िस्म के मकान खड़े थे। एक सुअर घूम रहा था। उस तरफ़ इशारा कर मैंने जयनाथ से कहा, "वह देखो, दाहिने हाथ पर तुम्हारी बीवी का नाम ख़ुदा हुआ है, तीन बेढंगे मकान और एक सुअर। बिलकुल 'कृष्णाबाई'। सुअर 'बाई' की बड़ी 'ई' है।"

जयनाथ बाईं तरफ़ मुड़ गया। मैं भी जयनाथ के साथ-साथ उसके पीछे हो लिया। यह रास्ता मेरे घर का था।

शाम के क़रीब सात बजे थे। साफ़ पतलून और सफ़ेद कमीज़ पहनकर जयनाथ मेरे घर आया। आकर वह मेरी चारपाई पर बैठ गया। मैंने देखा, बैठते ही उसने मुट्ठियों में चद्दर दबा ली जिससे चद्दर उसलकर रह गई और सिलवटें उसकी मुट्ठी में केन्द्रित होकर बिस्तर पर फैल गईं।

"यह तुम्हारी बड़ी बेकार आदत है।" चद्दर ठीक करते हुए खीझकर मैंने कहा।

जयनाथ गम्भीर था। कमरे की मैंने बत्ती जला दी थी। चारपाई के सामने एक पुरानी कुर्सी पर मैं बैठा हुआ था।

जयनाथ ने पहले इधर-उधर की बात की। पास-पड़ोस के बच्चे कमरे के सामने हल्ला कर रहे थे। फिर उसने बारीक़ी से बतलाया कि कल किस तरह बिलकुल नई ब्लेड लेकर उसने अपनी बीवी के हाथ से नाम खरोंचने की कोशिश की थी। उसकी बीवी बर्तन माँज रही थी। उसने पहले दाढ़ी बनाने के सामान में ढूँढ़ा तो नई ब्लेड नहीं थी। अपनी पत्नी से पैसे माँगकर वह नई ब्लेड ख़रीदने गया। मन में एक बार ज़रूर हुआ था कि पुरानी ब्लेड से ही करके देखें। केवल एक बार उसने दाढ़ी बनाई थी। (इस जगह मैंने 'फिर' कहा था) वह नई ब्लेड लाया। उसकी पत्नी बर्तन माँज चुकी थी। उसने पत्नी को आवाज़ दी। उसके गीले धुले हाथों में से दाहिना हाथ पकड़कर उसने पत्नी से कहा कि वह गोदा हुआ नाम ब्लेड से मिटा देगा। कोई तकलीफ़ नहीं होगी। उसकी पत्नी घबराकर भागकर आँगन के कोने पर चुपचाप सिकुड़कर खड़ी हो गई। वह बहुत ग़ुस्सा हुआ, फिर पुचकारकर उसने पत्नी को समझाया और आँगन के कोने तक जाकर उसने पत्नी का हाथ पकड़ा। उसे कमरे में लाया। ('फिर' दुबारा मैंने कहा, आज मुझे जयनाथ दिखने में ठीक लग रहा था।) कमरे के एक कोने में उसने पत्नी को बैठाया। बैठकर उसने देखा कि इस तरह शायद उससे ठीक नहीं बनेगा। पूरी सावधानी उसे बरतनी थी इसलिए वह खड़ा हो गया। पत्नी को भी वहीं कोने पर सटाकर उसने खड़ा किया और अपनी पीठ से उसे दबाकर नाम खरोंचने की कोशिश की। नया ब्लेड था। काफ़ी कट गया था। वह 'कृष्णाबाई' का केवल 'कृ' भर खरोंच पाया था। उसके कपड़ों में ख़ून के दाग़ लग गए थे।

"यही कपड़े थे?" उसकी धुली-धुलाई कमीज़ को देखकर मैंने पूछा।

"हाँ।" जयनाथ ने कहा।

"तुमने कल ही धोया होगा?"

"हाँ। पत्नी के हाथ में घाव हो गया है।" जयनाथ ने कहा।

कुर्सी से उठकर मैं खड़ा हो गया। कमरे में इधर-उधर चक्कर लगाए। आख़िर मैं वहीं कुर्सी पर बैठ गया। मेरा दिमाग़ कुछ काम नहीं कर रहा था। मैं चाहता था कि मेरा दिमाग़ कुछ काम करे। इसलिए मैंने हाथ बढ़ाकर बन्द खिड़की से एक गन्दा काग़ज़ उठाया। उस काग़ज़ के टुकड़े किए और खिड़की से बाहर फेंक दिये। फिर मैंने ध्यान दिया कि पास-पड़ोस के लड़कों की कोई आवाज़ नहीं आ रही है। यह सारे के सारे काम मैंने कुर्सी पर बैठे-बैठे ही किए।

"घाव तो क़रीब-क़रीब ठीक हो गया है। घर में पेनीसिलिन का मलहम था। पहले तो उसने मलहम लगाने से इनकार किया था।"

"एक बात बताओ," मैंने कहा, "मलहम तुमने केवल 'कृ' पर लगाया था या पूरे 'कृष्णाबाई' पर लगा दिया था?"

जयनाथ ने कहा, "घाव तो केवल 'कृ' में था, पर याद नहीं है। शायद 'कृष्णा' तक मलहम लग गया हो। मैं बहुत परेशान हूँ। सारा मुहल्ला मेरी बीवी का नाम जानता है। कुहनी से कलाई तक बड़े-बड़े अक्षर हैं। दूर से दिखते हैं।" उसकी आँखों में आँसू आ गए थे।

मुझे उस पर दया आई। उठकर मैंने चाय बनाई। वह उदास बैठा रहा। फिर बिस्तर पर लेट गया। अगर उस वक़्त उसके सामने की दीवाल पर कैलेंडर में किसी औरत या बच्चे की तसवीर होती तो वह उसे बड़े प्यार से देखता। रात बहुत हो गई थी। मैंने कहा, "तुम जाओ। तुम्हारी पत्नी इन्तज़ार कर रही होगी।"

ग्यारह बज गए थे। वह गुमसुम था। वह अभी जाना नहीं चाहता

था। फिर हम दोनों ने बैठकर योजना बनाई कि इस बार वह तेज़ाब काम में लाएगा—गंधक का गाढ़ा तेज़ाब। पानी की तरह वह होता है। कोशिश करे तो आसानी से यह तेज़ाब उसे मिल जाएगा। घाव में दवा लगाने के बहाने वह पत्नी को बैठाएगा। थोड़ा प्यार करेगा। फिर गल्-गल्-गल्—पूरा तेज़ाब शीशी उसके हाथ पर उड़ेल देगा। वह चीखेगी तो चीखने देगा। डरेगा नहीं। ज़्यादा ज़ोर से न चीखे इसलिए उसका मुँह दबा देगा। वह इस बात का ध्यान रखेगा कि उसके ऊपर तेज़ाब के छींटे न पड़ें।

"अच्छा।" जयनाथ ने कहा।

रात को क़रीब दो बजे वह खुश-खुश मेरे घर से गया। उस रात मुझे ज़ोरों की नींद आई थी। दूसरे दिन देर से उठा था। हाथ-पैरों में दर्द हो रहा था।

काफ़ी दिनों से जयनाथ मुझे नहीं मिला। मैंने सोचा, उसे कामयाबी नहीं मिली। हो सकता है, उसे गंधक का तेज़ाब न मिला हो, या उसकी पत्नी ने कुछ गड़बड़ी कर दी हो! तेज़ाब उस पर ही पड़ गया हो, और वह बीमार हो! ऐसा होने की सम्भावना वैसे कम थी, क्योंकि जयनाथ ताक़तवर था। उसकी ऊँचाई कम थी पर वह गठीला था। मुझे मालूम था कि उसकी पत्नी बिलकुल दुबली-पतली और कमज़ोर है। फिर भी मुझे जयनाथ की चिन्ता थी। जाने क्या कर रहा होगा!

कुछ दिनों तक ख़ाली समय में, मैं उन सड़कों, दुकानों की तरफ़ घूमता रहा जहाँ उसके मिल जाने की सम्भावना थी। मुझे लग रहा था कि मैं दुबला हो गया हूँ।

एक दिन सुबह-सुबह जयनाथ ने मुझे जगाया। "चलो!" उसने कहा।

उसे देखकर मैं बहुत ख़ुश हुआ। उठकर बड़े आराम से मैं तैयारी

करने लगा ताकि इतमीनान से उससे बातें करूँगा। लेकिन वह जल्दी में था। इस वजह से मुझे ग़ुस्सा आ गया।

"तुमने वह काम किया था?" ग़ुस्से से सबसे पहले मैंने यही पूछा।

"नहीं," उदास होकर उसने कहा।

"तो मैं भी नहीं जाता," कहकर मैंने पहनी हुई पतलून उतारकर खूँटी पर टाँग दी और बिस्तर पर लेट गया।

उसने मेरी बहुत ख़ुशामद की। आख़िर मैं तैयार हो गया।

वह मुझे अपने घर ले जा रहा था। दूर से मुझे जयनाथ की छत पर किसी औरत की एक झलक दिखी। शायद हम लोगों को ही देखकर वह एकदम से नीचे बैठ गई थी। मैंने सोचा कि वह जयनाथ की पत्नी होगी। जयनाथ ने उसे नहीं देखा था। जब वह सीढ़ियों पर चढ़ने लगा तो तेज़ी से सीढ़ियाँ चढ़ते हुए वह मुझसे बहुत आगे निकल गया। मेरे पहुँचने तक वह अपनी पत्नी से दरवाज़ा खुलवा चुका था। दरवाज़े के पास अकेला वह था। उसकी पत्नी नहीं थी।

"तुमने क्या किया है?" कमरे में फुसफुसाकर मैंने पूछा।

"मुझे तेज़ाब नहीं मिला।"

"तुमने पहले ही क्यों नहीं बताया?"

"मौक़ा नहीं मिला।"

"मैं ही कल तेज़ाब ले आऊँगा।"

"ठीक है, एक बार तेज़ाब से भी करके देख लेते हैं। क्या तेज़ाब से बिलकुल ठीक हो जाएगा?" जयनाथ ने पूछा। तभी पलंग की तरफ़ उसने इशारा किया।

क्या है?" इशारे से मैंने पूछा।

हम दोनों पलंग के पास आकर खड़े हो गए थे। मैंने देखा, तकिए के नये गिलाफ़ पर बेढंगे अक्षरों से 'कृष्णाबाई' लिखा हुआ था। मुझे आश्चर्य हुआ।

"दरअसल मुझे प्यार आ गया था।" जयनाथ ने धीरे से कहा।

मन-ही-मन मैंने उसे कई गालियाँ दीं। जयनाथ की बातों के साथ-साथ मन-ही-मन मैंने जो-जो गालियाँ दीं, मैं उसे साफ़ सुन रहा था।

जयनाथ ने बतलाया कि उसने पत्नी से पूछा था कि उसे सीना-पिरोना आता है या नहीं? बड़ी देर बाद उसने बताया कि आता है। फिर वह एक नया गिलाफ़, सुई और रंग-बिरंगे डोरे ले आया। पत्नी से उसने कहा कि इसमें कोई फूल-पत्ती काढ़ दे। बाद में कुछ सोचकर उसने कहा कि वह इसमें अपना नाम ही काढ़ दे। कोई योजना समझकर वह घबरा गई थी। जब वह बहुत ग़ुस्सा हुआ, एक आध घूँसा पीठ पर मारा, तब उसने अपना नाम काढ़ दिया था।

"देखें!" जयनाथ से मैंने कहा।

उसने मुझे तकिया उठाकर दिखाया। ध्यान से देखा कि वाकई उसने बहुत साफ़ काढ़ा था। फिर मैं चला आया। मैंने सोचा, जयनाथ पशु है। और मैंने उससे दोस्ती तोड़ दी। मैंने तेज़ाब लाकर जयनाथ को कभी नहीं दिया।

[*धर्मयुग*, 1965]

गोष्ठी

इतने में एक थका हुआ आदमी आया। उसके कन्धों पर एक वज़नदार बोरा था। वह पसीने से तरबतर था। कपड़े बेहद गन्दे थे। दाढ़ी बढ़ी हुई थी। बाल बेतरतीब थे। उसे देखकर सबने 'हो! हो!' कहकर ख़ुशी से चिल्लाया। सभी ने मिलकर उसके कन्धे से बोरा उतारने में सहायता दी। बोरा सबके बीचोबीच रखा गया। वह बोरे से पीठ टेककर बैठ गया। सिर झुकाए वह हाँफ रहा था। पन्द्रह दिन से वह ग़ायब था।

सभी कवि थे। आनेवाला व्यक्ति भी कवि था। सभी युवक थे। इन सबकी आँखें अजीब तरह से चमक रही थीं। लेकिन इनमें से एक व्यक्ति अधेड़ था। यह आलोचक था।

"हूँ। प्रतीक पूरे हैं?" आलोचक ने उपेक्षा से उससे पूछा।

"नहीं, केवल एक पंखुड़ी का गुलाब नहीं मिला।"

"क्यों नहीं मिला?"

"नहीं मिला।" बेरुख़ी से उसने कहा।

"आख़िर तुम इतनी लम्बी कविता क्यों लिखते हो? फिर टूट-फूट ही आदमी की ज़िन्दगी नहीं है। इसके पहले तुम ट्रक का एक बहुत पुराना सड़ा हुआ टायर लाए थे।"

"वह प्रतीक मैंने समझा दिया था।"

"लेकिन उस टायर से एक जोड़ी चप्पल भी नहीं बन सकती।"

"कल मैं अपने गोदाम से उस टायर को निकलवाकर किसी घूरे में फिंकवा दूँगा।"

"जान लो, कविता कोई घूरा नहीं है। जिस पर प्रतीक के रूप में, अधजली सिगरेट, टूटे आईने, काँच के फूटे गिलास, टूटी तश्तरियाँ और इसी तरह की गंदगी का ढेर हो। इस बार भी तुम सड़ी-गली चीज़ें लाए होगे। क्या तुमने कोई भी चीज़ साबुत नहीं देखी? फिर एक पंखुड़ी का गुलाब कहाँ होता है? मान लो, तुम एक पंखुड़ी का गुलाब लाते भी हो, तो भी तुम्हारी कविता में कुछ स्थायी नहीं होगा। क्योंकि तुम्हारा वह क़ीमती प्रतीक कुछ ही घंटों बाद मुरझा जाएगा। तुम्हें अपनी कविता से वह हिस्सा निकालना होगा जिसमें एक पंखुड़ी का गुलाब है।" आलोचक ने ग़ुस्से में कहा।

"नहीं निकालता।" हाँफते हुए आगंतुक कवि ने कहा, "कहाँ से एक पंखुड़ी का गुलाब लाऊँ? पन्द्रह दिन से मैं ढूँढ़ता फिर रहा हूँ। कई बग़ीचे देखे। लेकिन मैंने एक तरीक़ा ढूँढ़ निकाला है।" उसने कोने में रखे एक गुलदस्ते से एक सुर्ख़ गुलाब का फूल निकाला।

सभी बड़ी गम्भीरता से उसकी हरकत देख रहे थे।

"मैं इस फूल की सभी पंखुड़ियाँ नोंच लूँगा। केवल एक पंखुड़ी बची रहने दूँगा। तब क्या यह एक पंखुड़ी का गुलाब नहीं होगा? क्या गुलाब नोंचे नहीं जाते? और क्या किसी पौधे पर भी गुलाब मुरझाता नहीं है?"

यह तरीक़ा उसे उस मज़दूर कवि ने बताया था जो बेचारा दो साल से यहाँ नहीं आ पा रहा था। उसकी कविता के प्रतीक रोटियाँ-ही-रोटियाँ होती थीं। दिन-भर काम करने के बाद शाम को जब वह कविता सुनाने के लिए रोटियाँ लेकर चलता तो रास्ते में उसे इतनी ज़ोर की भूख लगती थी कि वह सभी रोटियाँ खा जाता था। अभी कुछ देर पहले वह मिल

गया था। आधे रास्ते से वह लौटकर जा रहा था। उसका कहना था कि यह आलोचक जनसाधारण के नाम पर सबको बेवकूफ़ बनाता है।

"यह कविता और पाठक के साथ बेईमानी होगी और मैं इसे बिलकुल नहीं सहूँगा।" चीखकर आलोचक ने कहा, "तुम इस संस्था में नहीं रह सकते। यह तुम्हारी यहाँ अन्तिम कविता होगी। गोदाम में तुम केवल आज ही इन गन्दे प्रतीकों को उड़ेल सकते हो।"

"ठीक है। केवल आख़िरी बार ये तुम्हारे गोदाम में रखे जाएँ। तुम अपनी साहित्यिक ऑफ़िसरी के रौब में कुछ भी ग़लत-सलत करा सकते हो। मुझे अपने प्रतीकों से प्यार है। और ये किसी क़ीमती दुकान के हिस्से नहीं हैं। तुम चाहते हो कि प्रतीक के रूप में मैं अपनी कविताओं में सौ-सौ रुपये के नोट का उपयोग करूँ और तुम्हारे गोदाम में जाकर रख दूँ—चाहे इसके लिए मुझे चोरी भी करनी पड़े और तुम मज़े करो। सच तो यह है कि सौ का नोट तो मैंने आज तक नहीं देखा। हाँ-हाँ। मैं कोई भी चीज़ साबुत नहीं देखता, टूट-फूट ही मेरी ज़िन्दगी है।"

"ठीक है, ठीक है।" सभी कवियों ने दबी ज़ुबान से उसका समर्थन किया।

"मित्रो!" ज़रा भी विचलित न होते हुए आलोचक ने कहा, "इसमें ग़ुस्सा होने की कोई बात नहीं है। यह पहले ही तय कर लिया गया था कि कविता सुनाने के वक़्त कवि, कविताओं में आए अपने सारे प्रतीकों को हमारे सामने लाएगा, ताकि किसी को यह कहने का मौक़ा नहीं मिले कि हम सही ज़िन्दगी से अलग हैं। जो है, वह हमारी कविता में है। नये प्रतीक इसलिए नये नहीं हैं कि ये हमारी रोज़मर्रा की ज़िन्दगी में नहीं हैं। फ़र्क़ उनके प्रयोग का है। मित्रो, साथ ही यह एक बहुत बड़ी बात होगी कि तमाम प्रयोगों के बाद यह कविता और कविता-पाठ में नया प्रयोग होगा। कवि कविता पाठ कर रहा है और दर्शक कवि के सामने सारे प्रतीकों को प्रत्यक्ष देख रहे हैं। यह कविता का एक प्रकार से

प्रत्यक्षीकरण होगा। यह ठीक है कि कविता का प्रत्यक्षीकरण तो हमारी अपनी सामान्य ज़िन्दगी है, उसका कोई हिस्सा है। परन्तु हम सहज रूप में उसे केवल मान लेते हैं। यह उसी तरह की बात है कि जिन सीढ़ियों से हम बरसों चढ़ते-उतरते हैं, अचानक कोई पूछ ले कि उन सीढ़ियों की संख्या कितनी है तो हम बता नहीं पाते। हमें यह नहीं भूलना चाहिए कि मंच में आज का कवि असफल है।"

"ठीक है, ठीक है।" सभी कवियों ने आलोचक का समर्थन किया।

बोरे से निकालकर सारे प्रतीक सामने जमा दिये गए। एक मरा हुआ साँप था जिसके मुँह में चींटियाँ चिपकी हुई थीं। अल्यूमीनियम की एक पिचकी पतीली थी, एक नीला लिफ़ाफ़ा था जो नया था। इसी तरह की चीज़ें थीं। ये सारे प्रतीक कविता में जिस क्रम से आए थे, उसी क्रम से सजाए गए थे। उसने कविता सुनाई। वह हिस्सा, जिसमें एक पंखुड़ी का गुलाब था, निकाल दिया गया था। कुछ ने वाहवाही की, कुछ ख़ामोश रहे। फिर सब आलोचक की तरफ़ देखने लगे।

थोड़ी देर चुप रहने के बाद आलोचक ने पूछा, "तुम्हारी कविता में मरे हुए साँप के मुँह में चींटियाँ लगी हुई हैं, इस बात का कोई उल्लेख नहीं है?"

"हाँ।" कवि ने कहा।

"तो फिर यह जो तुम मरा हुआ साँप लाए हो, उसके मुँह में चींटियाँ लगी हुई हैं?"

किसी का इस तरफ़ ध्यान नहीं था। सभी आश्चर्यचकित थे।

"या तो तुम अपना प्रतीक ठीक कर लो या अपनी कविता ठीक कर लो।" आलोचक ने सलाह देते हुए कहा।

कवि ने पानी में मरे हुए साँप को डुबा-डुबाकर मुँह में लगी चींटियों को अच्छी तरह धोया। इस तरह उसने अपना प्रतीक ठीक किया। इसके बाद बोरे में फिर से उसने अपने प्रतीक रख दिये।

अब एक मारवाड़ी लड़के की बारी थी। आलोचक इससे बहुत ख़ुश था। यह प्राय: छोटी-छोटी कविताएँ लिखता था। इसलिए उसे अपने साथ प्रतीकों का बोरा या झोला लाने की ज़रूरत नहीं पड़ती थी। कोट और पतलून की जेबों से ही काम निकल जाता था। चूँकि वह चाँदी के गिलास में पानी पीता था, इसलिए उसकी कविता में एक चाँदी का गिलास था। अपनी जेब से एक चाँदी का गिलास और दो गज़ ज़री की किनार और कुछ छोटे-छोटे धागे निकाले और सामने रख दिये। फिर कविता पढ़ी। यह एक छोटी प्रेम-कविता थी।

आलोचक बकायदा गज़ से किनार को नापकर देखता है कि वह दो गज़ है या नहीं। क्योंकि कविता में केवल दो गज़ किनार का उल्लेख था। आलोचक के कमरे से लगा हुआ ही एक बड़ा गोदाम था। इसी गोदाम में कवियों को अपने सारे प्रतीक रखने पड़ते थे। कुछ प्रतीक रुपयों में काफ़ी क़ीमती थे। इसलिए आलोचक इसमें एक बड़ा मज़बूत ताला लगाता था।

कन्धे से बोरा उतारकर कवि ने अपने सारे प्रतीक निकाले फिर वहीं जमा दिये जहाँ उसकी कविताओं के और भी सैकड़ों प्रतीक थे। चूँकि अलग-अलग कविताएँ थीं इसलिए प्रतीकों को एक ढंग से अलग-अलग जमा कर रखा गया था। चारों तरफ़ असंख्य और अजीब-अजीब प्रतीकों से घिरा हुआ उसे लगा कि उसकी कविताओं का शोषण हुआ है। सभी की कविताओं का शोषण हुआ है। गोदाम में एक अजीब भुतहा वातावरण था। उसने देखा कि एक जगह काव्य-प्रतीक के रूप में पेट्रोल का डिब्बा रखा हुआ है। उससे थोड़ी दूर पर दूसरी किसी कविता के प्रतीक के रूप में एक माचिस की डिब्बी भी थी। अचानक उसकी आँखें चमक उठीं। चारों तरफ़ पेट्रोल को छिड़कने के बाद उसने माचिस से आग लगा दी। भभककर आग फैल गई। पीछे के दरवाज़े से वह ज़ोरों से भागा, उसे डर था कि वह भी जल जाएगा।

आग धीरे-धीरे फैलती जा रही थी। एक भगदड़ मची थी। इतने में दौड़ते-दौड़ते आलोचक आया। उसे याद आया कि दरवाज़े के पास प्रतीक-रूप में आग बुझाने के यंत्र भी हैं। उसी यंत्र से सारी आग तुरन्त बुझा दी गई। नुकसान ज़्यादा नहीं हुआ था। इकट्ठी हुई भीड़ को और बचे हुए कवियों को आलोचक गर्व के साथ प्रतीकों की प्रत्यक्ष उपयोगिता समझा रहा था।

[*लहर*, 1964]

टुकड़ा आदमी

बैकुंठ उठा। मैं कुर्सी पर बैठा रहा। मैं अख़बार पढ़ने का बहाना कर रहा था। उसने चप्पल पहनी। किताबों के रैक के पास आकर कोई किताब निकालकर देखी। फिर वहीं बाहर रख दी। मुझे लगा कि अब शायद बैकुंठ मेरी तरफ़ घूमेगा। मैं जैसे अख़बार पढ़ने लगा। परन्तु बिना मेरी तरफ़ घूमे वह सामने बड़े टेबिल की तरफ़ गया। उसकी ड्रावर खोली और एक चाबी का गुच्छा निकाला। गुच्छे में लम्बी-लम्बी चाबियाँ थीं। उनमें चाँदी की-सी चमक थी। तब मैंने सोचा, बैकुंठ की छोटी-छोटी हरकतों पर मेरा ध्यान क्यों जाता है? यह अच्छी बात नहीं है। कमरे में एक ही तरह की दो छोटे टेबिल थे। एक में सजावट के लिए बहुत छोटा-सा ऐश-ट्रे रखा था। यह ऐश-ट्रे जूते की शक्ल का था। बहुत ख़ूबसूरत था।

बैकुंठ अभी तक ड्रावर में कुछ ढूँढ़ रहा था। चाबियों का गुच्छा उसके बाएँ हाथ में था। कुछ दिन पहले घर की सफ़ाई करते हुए मुझे भी ज़ंग लगी चाबियों का एक पुराना गुच्छा मिला था। लोहे के तार में सोलह चाबियाँ गुँथी थीं। अलग-अलग क़िस्म की छोटी-बड़ी चाबियाँ थीं। मैंने सोचा, बैकुंठ से मैं इसकी बात करूँ। काफ़ी देर से हम दोनों चुपचाप बैठे थे।

"लेकिन तुम इस तरह चाबियों को खुले ड्रावर में क्यों रखते हो?"

मेरे मुँह से निकला। कहते ही मुझे लगा कि मैंने अनावश्यक बात की है।

बैकुंठ मेरी तरफ़ घूमा। अभी भी वह मेरी तरफ़ नहीं देख रहा था। मैंने यह तय कर लिया था कि यदि वह मेरी तरफ़ देखेगा तो मैं उसकी तरफ़ नहीं देखूँगा। बात यही थी कि बैकुंठ की तरफ़ देखकर मैं ज़्यादा देर तक बात नहीं कर सकता था।

अब चाबियाँ बैकुंठ के दाहिने हाथ की मुट्ठी में दबी थीं। चाबियाँ बड़ी थीं इसलिए उसकी बन्द मुट्ठी से बाहर निकल आई थीं। उसे ज़रूर आश्चर्य हुआ होगा कि मैं उसकी हरकतों पर ध्यान दे रहा था। उसने तुरन्त मेरी बात का जवाब नहीं दिया था इसलिए मुझे लग रहा था कि अब वह मेरी बात का जवाब नहीं देगा। मुझे बुरा लग रहा था। बैकुंठ क्या करता है, इस बात से मुझे कोई मतलब नहीं होना चाहिए। मुझे चुपचाप कक्का की प्रतीक्षा करनी है। बैकुंठ की तरफ़ से ध्यान हटाने के लिए टेबिल पर जूतेनुमा ऐश-ट्रे की तरफ़ देखते हुए मैंने फिर सोचा कि यह कितना ख़ूबसूरत है!

"नौकरों की वजह से।" आख़िर बैकुंठ ने जवाब दिया, "मैं एक ही जगह चाबियाँ नहीं रखता। जगह बदल-बदलकर रखता हूँ। चाबियों को भी ताले में बन्द रखो, फिर उस ताले की चाबी की चिन्ता होगी। मेरा ख़याल है, इसमें ज़्यादा सुरक्षा है।"

शायद वह बाज़ू के कमरे की तरफ़ जाना चाहता था।

"तुम्हें इस तरह चाबियाँ नहीं रखनी चाहिए। धोखे से भी नौकरों के हाथ में पड़ सकती हैं।" उठकर मैं खड़ा हो गया था।

"मैं तो हमेशा यहीं रहता हूँ। कोई चोरी नहीं करता।" बैकुंठ ने कहा।

बात करते-करते हम दोनों अब बाज़ू के कमरे में आ गए थे। साथ ही साथ मेरे हाथ में अख़बार आ गया था। यह अख़बार मुझे बोझ-सा लग रहा था। सोच रहा था कि यह अख़बार कहीं रख दूँ।

कमरे में लोहे की दो बिलकुल नई अलमारियाँ रखी थीं। कोने में एक पुरानी लोहे की तिज़ोरी रखी थी। खूँटी में धूल लगी बरसाती टँगी थी। मैं बरसाती के पास खड़ा था। यह कमरा कुछ छोटा था।

"कक्का ने यह अलमारी अभी नई ख़रीदी है?" मैंने पूछा।

"इस घर में आने के एक-दो महीने बाद ख़रीदी थी।"

"दो-अढ़ाई सौ की होगी?"

"नहीं। पाँच-पाँच सौ की हैं।"

बैकुंठ अलमारी के सामने आकर खड़ा हो गया था। मैं बैकुंठ की आड़ में आ गया था, इसलिए थोड़ा दाईं ओर हट गया। मन में एक हल्की-सी उत्सुकता थी कि देखें, अलमारी में क्या है!

बैकुंठ गुच्छे में उस अलमारी की चाबी ढूँढ़ रहा था। सभी चाबियाँ क़रीब-क़रीब एक-सी थीं। केवल एक चाबी पुरानी थी। वह तिज़ोरी की होगी। बैकुंठ ने अलमारी का ताला खोला। दाहिना पलड़ा खटाक् से खुलकर ठीक मेरे सामने आ गया। बायाँ पलड़ा वैसा ही बन्द था। मुझे अलमारी के अन्दर थोड़ा-सा हिस्सा दिखाई दे रहा था। उस हिस्से में मुझे दो-तीन नोटों की गड्डियाँ दिखीं। दाहिना पलड़ा बैकुंठ ने शायद जानबूझकर नहीं खोला था।

"बरसाती में देखो, कितनी धूल जमी है!" पीछे पलटकर उँगली से धूल पोंछते हुए मैंने कहा।

अलमारी की खटाक् से बन्द होने की आवाज़ आई तब मैं अलमारी की तरफ़ घूमा। मैंने देखा, दाहिने हाथ से छाती के सहारे एक-एक रुपये की नोट की गड्डियाँ वह सँभाले हुए था। पलटते ही मेरी नज़र उन नोट की गड्डियों पर पड़ी थी। सात गड्डियाँ थीं।

"कक्का ने तो पाँच सौ मँगवाए थे!" मैंने कहा।

"पेट्रोल का बिल देना था। तुम अलमारी लॉक कर दो।" बाएँ हाथ से चाबी देते हुए बैकुंठ ने कहा, "हैंडिल दबाकर देख लो।"

मैंने हैंडिल दबाकर देखा, ताला बन्द नहीं था। फिर से हैंडिल दबाकर देखा, ताला फिर भी बन्द नहीं हुआ था। जाने क्यों बन्द नहीं होता था!

"तुम ये नोट सँभालो। मैं बन्द करता हूँ।"

नोट लेने में मुझे झिझक-सी हो रही थी। गड्डियों को बहुत सँभालकर मैं पकड़े हुए था। शायद ज़रूरत से ज़्यादा सँभालकर।

हम दोनों फिर बड़े कमरे में आ गए थे। हल्के से मन में आया था कि बैकुंठ दूसरी अलमारियों को क्यों नहीं खोलता? टेबिल पर नोटों की गड्डियाँ मैंने रख दीं।

बैकुंठ ने नौकर को आवाज़ दी। नौकर आया तो उससे पूछा, "पाँच सौ रुपया मँगवाया था?"

नौकर ने सिर हिलाकर 'हाँ' कहा।

नौकर को पाँच गड्डियाँ देते हुए उसने कहा, "कक्का से कह देना कि पाँच सौ रुपये हैं।"

बैकुंठ कक्का का दूसरा लड़का था। बचपन से हम सभी उन्हें कक्का कहते थे इसलिए बैकुंठ भी उन्हें कक्का कहता था। मैंने देखा, बची हुई दोनों गड्डियों को उसने अपनी पतलून की दोनों जेबों में डाल लिया। गड्डियों की वजह से उसकी दोनों जेबें फूल गई थीं। कुर्सी पर बैठा हुआ वह चाबियों के गुच्छे के साथ खेल रहा था।

"पाँच सौ रुपये कम नहीं होते। नौकर लेकर कहीं भाग गया तो?" बैकुंठ से मैंने कहा।

"इतना विश्वास तो करना चाहिए। आख़िर वह भागकर जाएगा कहाँ?" बैकुंठ ने कहा।

पाँच सौ रुपये का विश्वास कुछ कम विश्वास नहीं होता। मैं सोच रहा था कि मैं ही वे रुपये लेकर कक्का के पास चला जाता। बहाना हो जाता और कक्का से मिलना भी तो हो जाता।

"मुझे प्यास लगी है। पर घड़े का पानी पीऊँगा।" वाकई मुझे ज़ोर से प्यास लग रही थी।

"जहाँ खाना बनता है, वहाँ घड़ा है।" बैकुंठ ने कहा।

दरअसल रेफ्रीजरेटर का दरवाज़ा बन्द करने से मुझे झिझक होती थी। दरवाज़ा बन्द करने से पानी की बोतलें खनखना उठती थीं, तो मुझे डर लगता था कि कहीं कुछ टूट न जाए।

पानी पीकर आया तो देखा, बैकुंठ कुर्सी पर लेटे हुए जैसा बैठा था। आते ही मैंने ध्यान दिया कि उसके हाथ में चाबियों का गुच्छा नहीं था। शायद बैकुंठ ने उसे कहीं रख दिया है। आकर मैं कुर्सी पर बैठ गया। कक्का का क़रीब दो घंटे से इन्तज़ार कर रहा था। मुझे ऊब होने लगी थी।

"लगता है, अब कक्का शाम को आएँगे।" मैंने कहा।

"खाना खाने का वक़्त हो गया है। आध-पौने घंटे में आते ही होंगे।" बैकुंठ ने जम्हाई ली।

मुझे लगा कि बैकुंठ भी ऊब गया होगा। उसे और भी दूसरे काम करने होंगे। मेरी वजह से दो घंटे से बैठा है। बहुत देर से बात करने को कुछ बचा भी नहीं था।

"मैं अब चलूँगा। शाम को आकर कक्का से मिल लूँगा।"

"क्या काम है? मैं कक्का से कह दूँगा।" बैकुंठ ने कहा।

बैकुंठ से कहने में मुझे झिझक-सी हो रही थी। बी.एस-सी. का रिज़ल्ट निकले छः-सात महीने हो गए थे। कक्का से कहने आया था कि कोई अच्छी-सी नौकरी दिला देते। जवाब में मैंने बैकुंठ से कुछ भी नहीं कहा।

"शायद कोई आया है, मैं अभी आता हूँ।" पैरों से चप्पल ढूँढ़ते हुए बैकुंठ ने कहा।

कमरे में मैं अकेला रह गया था। क्षण-भर ऐसे ही बैठा रहा। फिर उठकर किताबों के रैक के पास गया। बैकुंठ ने जो पुस्तक बाहर

निकालकर रख दी थी, मैंने उसे फिर से रैक में जमा दिया। तभी चाबियों के गुच्छे का ख़याल आया। उत्सुकता हुई कि देखें, बैकुंठ ने उसे टेबिल की ड्रावर में रखा है या नहीं। बैकुंठ के आने में अभी देर लगेगी। जाकर जल्दी से टेबिल के ड्रावर को खोलकर देखा, वहाँ चाबियों का गुच्छा नहीं था। ड्रावर से निकलकर एक छोटा-सा तिलचट्टा मेरे हाथ पर चढ़ आया था। मैंने हाथ झिटका तो वह फ़र्श पर गिरा, फिर तेज़ी से चलते हुए रैक के नीचे जाकर घुस गया। अन्दर बिलकुल ख़ाली-ख़ाली-सा हो गया था। चुपचाप आकर मैं कुर्सी पर बैठ गया। बैकुंठ अभी तक नहीं आया था।

बार-बार मन से मैं यह बात निकालना चाहता था कि बैकुंठ ने मेरी वजह से चाबियों के गुच्छे को कहीं और छुपाकर रख दिया है। शायद उसने उसे अपनी जेब में रख लिया हो! कमरे से बाहर झाँककर देखा कि बैकुंठ के आने की कोई सम्भावना नहीं थी। किताबों के रैक के पीछे हाथ से टटोलकर देखा, वहाँ भी चाबियों का गुच्छा नहीं था। टेबिल के ऊपर टिन का एक बड़ा डिब्बा था। जल्दी से उसे खोलकर देखा, उसमें तम्बाखू भरी थी। दीवाल की ताक में देखा, वहाँ भी नहीं था। बैकुंठ और कहाँ छुपा सकता है, मैंने सोचा। ठीक है, गुच्छा उसकी जेब में होगा। प्राय: ऐसा होता है। यूँ ही उसने अभी उस गुच्छे को अपनी जेब में डाल लिया होगा। विश्वास या अविश्वास की इसमें कोई बात नहीं है। मुझे अब अच्छा लगने लगा था। चाबियों का गुच्छा उसकी जेब में है, मैंने निष्कर्ष निकाला।

कोने में एक पुराना रेडियोग्राम रखा था। कई बार बनवाने के बाद भी वह बिगड़ जाता था। उसके ऊपर के ढक्कन को खोलकर मैंने देखा कि रिकॉर्ड के ऊपर वह चाबियों का गुच्छा रखा था। जल्दी से मैंने ढक्कन बन्द कर दिया और अपनी कुर्सी पर आकर बैठ गया।

मुझे लगा कि चाबियों का गुच्छा कोई प्राणी होता है। और उसके

सात-आठ लम्बे-लम्बे चमकते पैर होते हैं। ऐसा कोई अनजाना कीड़ा ज़हरीला भी हो सकता है। और मुझे उसे नहीं छूना चाहिए। मेरी साँस ज़ोर-ज़ोर से चल रही थी। मेरी निगाह कमरे के अन्दर भी एक-एक चीज़ की तरफ़ घूमी। जूतेनुमा उस ख़ूबसूरत ऐश-ट्रे को देखकर मुझे लगा कि मैंने उसे देखा है। पास में रखे अख़बार को उठाकर मैंने उसे उलटा-पुलटा फिर रख दिया। वहीं एक पेंसिल भी रखी थी। उस पेंसिल को मैंने चार-पाँच बार इधर-उधर उँगलियों में घुमाया। बहुत ज़ोर की मुझे गर्मी लग रही थी। जूते का बन्द खोलकर मैंने जूता उतारा। जूता बड़ी कठिनाई से उतारा। फिर मोजा भी उतार डाला। नीचे जब झुका तो कुर्सी के नीचे फाउंटेनपेन पड़ी दिखी। उसे उठाकर मैंने टेबिल के ऊपर रख दिया। शायद यह सोचकर कि एक बारगी यह फाउंटेनपेन बैकुंठ को नहीं मिलेगी तो वह सोचेगा कि मैंने ही उसे रख लिया है।

बैकुंठ के आने की आहट हुई। उसके हाथ में दो-तीन काग़ज़ थे। वह आया और आते ही अपनी कुर्सी पर बैठ गया। कुछ देर तक हम दोनों ऐसे ही बैठे रहे।

"ये फाउंटेनपेन कुर्सी के नीचे पड़ी थी।" मेरी आवाज़ में कुछ फ़र्क़ हो गया होगा इसीलिए बैकुंठ ने नहीं सुना। गला सूख गया था।

"क्या कह रहे थे?" उसी तरह काग़ज़ों को पढ़ते हुए बैकुंठ ने पूछा।

"कुछ नहीं। कुछ दिन पहले घर की सफ़ाई करते हुए मुझे एक चाबियों का गुच्छा मिला था। पुराना ज़ंग लगा हुआ गुच्छा था।" बिलकुल नॉर्मल होकर मैंने यह कहा। यह क्यों कहा, मुझे नहीं मालूम।

बैकुंठ ने आश्चर्य से मेरी तरफ़ देखा, जैसे उसे कुछ समझ में नहीं आया है। मैं दूसरी तरफ़ देखने लगा। बैकुंठ फिर काग़ज़ों को पढ़ने लगा।

कक्का के बँगले से कुछ ही क़दम चला होऊँगा कि सामने से मुझे एक काली मोटर आती दिखाई दी। मैंने सोचा, यह कक्का की मोटर

होगी। मैं एक पेड़ की आड़ में हो गया ताकि कक्का मुझे देख न पाएँ। लेकिन वह कक्का की मोटर नहीं थी। चलते-चलते मैंने महसूस किया कि मेरा दाहिना हाथ तन-सा गया है। मैंने देखा कि मेरी मुट्ठी बन्द थी। बहुत ज़ोर से बन्द थी। मैंने अपनी मुट्ठी खोली तो देखा, पसीने से भीगे मेरे हाथ में वह जूतेनुमा छोटा-सा ख़ूबसूरत ऐश-ट्रे था। जाने कैसे मेरे हाथ में आ गया था!

लौटकर मैं कक्का के बँगले के सामने आया और ज़ोर से उस जूतेनुमा छोटे-से ऐश-ट्रे को फेंका। मैं यह कह नहीं सकता कि वह किस तरफ़ गिरा होगा। जहाँ तक मेरा ख़याल है, अहाते के पेड़-पौधे सींचने के लिए जो नल बना था, वहीं कहीं आसपास वह गिरा होगा। कहीं भी गिरा हो, मुझे इससे क्या करना है! मैं तेज़ी से अपने घर की तरफ़ लौट पड़ा। मेरे पेट में धीमे-धीमे दर्द हो रहा था।

[*कल्पना*, 1964]

महाविद्यालय

दोस्त और मैं, महाविद्यालय के अन्तिम वर्ष में पढ़ रहे थे। मेरा छोटा भाई प्रथम वर्ष में था। मेरा ख़ाली समय बाज़ार घूमने में बीतता था। बाज़ार घूमना मेरी आदत हो गई थी। मुझे मज़ा आता था। महाविद्यालय में शाम के समय हॉकी, खो-खो, शतरंज, फुटबॉल, कबड्डी इत्यादि के खेल होते थे। लेकिन मुझे बाज़ार में, भीड़ से छाँटकर किसी एक ख़रीददार के पीछे जाना खो-खो से ज़्यादा अच्छा खेल लगता था।

वहाँ सड़क पर बहुत भीड़ लगी रहती। उनमें से कुछ लोग सड़क के उस पार चले जाते थे और कुछ लोग—एक-दो, एक-दो—इस पार चले आते थे। बार-बार यह होता था। इसे देखना मुझे कबड्डी से ज़्यादा श्रेष्ठ लगता था।

सब्ज़ी बाज़ार में, गाय से बेखबर भीड़ के अन्दर घुसती हुई गाय का दिख जाना एक अच्छा तमाशा था। दो साइकिलों का टकराना दिख सकता था। झोले से सड़क पर आटे का बिखर जाना दिख सकता था। बहुत कुछ हो सकता था।

महाविद्यालय की खेल-प्रतियोगिताओं को देखने मैं कभी नहीं गया। अख़बार पढ़ना तक मुझे अच्छा नहीं लगता था। मेरे कुछ घनिष्ठ मित्र नियमित रूप से गांधी वाचनालय जाते थे। निश्चय ही बाज़ार घूमना मेरी आदत थी।

घर में रोज़ ख़रीदी होती नहीं थी। तीन रोज़ में एक बार सब्ज़ी ख़रीदते थे। नमक, दाल, चावल, धनियाँ, मिर्च जैसी चीज़ों को महीने में एक बार ख़रीद लेते थे। ख़ुद की ख़रीदी से दूसरों को ख़रीदते देखना ज़्यादा अच्छा लगता था। सारा बाज़ार घूम लेने के बाद भी, हमारे पैसे बिलकुल ख़र्च नहीं होते थे। ख़रीददार मुझे आसानी से प्रभावित कर लेते थे। भीड़ में रईस कौन है या कौन अधिक ख़रीदी करेगा, इसका अन्दाज़ मुझे आसानी से हो जाता था। ऐसे लोगों के पीछे-पीछे घूमना, बाज़ार अच्छी तरह घूमना होता था। बिना एक पैसा ख़र्च किए बाज़ार से घूम-फिरकर निकल आना मुझे अच्छा लगता था।

कितनी आज़ादी है! कहीं कोई ज़बरदस्ती नहीं। ऐसा व्यक्ति, जिसके आने-जाने का रास्ता बाज़ार होकर जाता था, वह तेज़ी से इस पार से उस पार निकल जाता था। कभी-कभी किसी सामान को ख़रीदने के पैसे नहीं होते थे, या तुरन्त पैसे नहीं होते थे। जब पैसे जमा होते तभी सामान आता। फिर भी मैं समझता था कि बाज़ार के बिना बचा नहीं जा सकता। भीख के पैसे लेकर भिखारी भी ख़रीददार। उधार लेकर ख़रीददारी। चोरी-डाके के बाद ख़रीददारी। नहीं तो बाज़ार के रहते हुए, भूखे-नंगे या बिना दवा के मर जाइए, फिर भी बाज़ार से मेरी दोस्ती थी।

दुकानों के बन्द होते-होते रात को लौटते थे। लौटते समय मुझमें न ठगाने का उत्साह रहता था। इसके बाद भी यदि पिताजी के लिए पान लाना होता, तो घर के पास गंगे गुरू की दुकान न जाकर साइकिल से फिर बाज़ार जाता था। मेरे साथ कभी भी ऐसी कोई घटना नहीं घटी कि भूल से दुकानदार ने अधिक पैसे लौटा दिये हों या मैंने कभी दुकानदार को अधिक पैसे दे दिये हों। दुकानदार कभी भी मुझसे पैसे लेना नहीं भूला।

[मतलब की बहुत-सी बातें थीं। आम के पेड़ होने की वजह से आम मिल जाते थे। बाहर से भी चीज़ें बुलाई जाती थीं। सेब, अनन्नास, लीची ढेर-सी आती थीं, और हाथों-हाथ बिक जाती थीं। सोने-चाँदी की

अच्छी ग्राहकी थी। कितनी ख़ुशी की बात थी कि लोग घर से सोचकर निकलते थे कि उन्हें भिंडी ख़रीदनी है और वे भिंडी ख़रीद लेते थे। अरहर की दाल नहीं मिलती थी तो मूँग की दाल मिल जाती थी।]

दोस्त बतलाता था कि जब मैं प्रथम वर्ष में था, तब मेरी आवाज़ उतनी भर्राई हुई नहीं थी। नाक भी फूली हुई नहीं थी। पास होते ही जैसे आवाज़ थोड़ी भर्रा गई थी और नाक थोड़ी फूल गई थी। मैं यदि फेल होता तो ज़रूर डरावना हो जाता। फेल होने का डर बहुत था। महाविद्यालय तीन तरफ़ तालाबों से घिरा हुआ था और चारों तरफ़ ऊँची मोटी दीवालें थीं। पुराने क़िले को सुधारकर महाविद्यालय के रूप में उपयोग किया जा रहा था। दरवाज़ा, मोटी मज़बूत लकड़ी के तख़्तों का था, जो लोहे की पट्टियों से जोड़ा गया था। दरवाज़ा इतना बड़ा था कि ऊँचे तक भरा हुआ ट्रक आसानी से गुज़र सकता था। मुख्य दरवाज़ा कभी बन्द नहीं होता था।

महाविद्यालय की कक्षाएँ ऐसी थीं, जिनकी तालाब की तरफ़ खुलनेवाली खिड़कियों से नीचे झुककर पानी उलीचा जा सकता था, जैसे नाव में बैठे हुए लोग करते थे। चार प्रथम वर्ष की और दो चतुर्थ वर्ष की कक्षाएँ ऐसी ही थीं, जब शिक्षक नहीं होते थे, तब लड़के आख़िरी की खिड़कियों पर बाहर पैर लटकाकर बैठ जाते थे और पेशाब करते थे। पान, तम्बाखू खानेवाले लड़के इन्हीं खिड़कियों के पास बैठते थे।

तृतीय वर्ष की दो कक्षाओं के बीच की दूरी काफ़ी थी। दोनों कक्षाओं के बीच में अन्दर की तरफ़ एक बड़ा मन्दिर था। मन्दिर इतने अन्दर में था कि क़रीब-क़रीब वहाँ अँधेरा रहता था। कुछ किराएदार भी थे। ये किराएदार तीस-चालीस साल पुराने थे। एक पुराना किराएदार स्नातकोत्तर कक्षाओं के बीचोबीच सटे हुए तीन छोटे-छोटे कमरों में परिवार सहित रहता था। कचहरी में क्लर्क था। इसे ख़ाली करवाने की बहुत कोशिश की गई थी। उसका लड़का मेरा सहपाठी था। जहाँ सिपाही

रहते होंगे, वहाँ विद्यार्थी बैठते थे। जो अस्तबल था, वहाँ साइकिल स्टैंड था। एक तरफ़ ऊँचे-ऊँचे टीले पर तीन पुराने पीपल के पेड़ थे जिनकी बारीक़-बारीक़ जड़ें टेढ़ी लकीरों की तरह कई दीवालों में उभर आई थीं। पेड़ के नीचे लोहे की छड़ों में बीस-पच्चीस गेरुए झंडे गड़े थे। वहीं खड़ी लुढ़की मूर्तियों का ढेर था। अधिकांश शिक्षक और प्राचार्य भी उसी घेरे के अन्दर रहते थे। मुख्य दरवाज़े के बाहर, एक दूसरे से बेहद सटी हुई चाय, भजिया, पान की कई दुकानें थीं। ये छोटी-छोटी और खपरों वाली दुकानें इतने बड़े मुख्य दरवाज़े से इतनी सटी हुई थीं कि लगता था कि धीरे-धीरे खिसककर ये सभी दुकानें अन्दर चली जाएँगी।

मुझे याद है, प्रथम वर्ष में पूरी बरसात मुझे ऐसा लगता था कि कक्षा किसी नाव में हो रही है। इतिहास पढ़ते हुए मेरा ध्यान पैर के नीचे के फ़र्श पर ज़रूर जाता था। चप्पल की आवाज़ करने में उस पत्थर के नीचे से ठोस आवाज़ नहीं निकलती थी। नीचे तहख़ाना होने का मुझे विश्वास हो गया था। पत्थर के खुले जोड़ से चींटियाँ बहुत निकलती थीं, बाद में उसे सीमेंट से ठीक करवा दिया गया था। बरसात में अन्धाधुन्ध पानी गिरने के बाद भी कभी तालाब का पानी ऊपर चढ़कर खिड़कियों तक नहीं आया था। अलबत्ता छोटे-छोटे मेढक खिड़कियों से कूदकर कक्षाओं में आ जाते थे। जब सन्नाटा होता था, तब खुली खिड़कियों के ऊपर तालाब की तरफ़ मुँह किए हुए बगुले बैठे होते थे, जो किसी के आने की आवाज़ से फ़र्र से उड़ जाते थे। मछलियों की गंध बहुत आती थी। कमरे को साफ़ करनेवाले का काम फ़र्श पर झाड़ू लगाना तो था, इसके बाद खिड़कियों से झुककर पानी में दीवाल के किनारे जमा हो गई सूखी फूल की मालाएँ, नारियल बूच, केले के पत्ते, माचिस की तीलियाँ इत्यादि भी निकालनी पड़ती थीं। कभी-कभी उसे तैरती हुई पेंसिलें, रबर, स्केल आदि भी मिल जाते थे। वह तालाब में झाड़ू लगाता था—ऐसा मैं कहता था। इस झाड़ू लगानेवाले को मन्दिर की तरफ़ घुसते हुए लोगों ने

भगा दिया था। इसके बाद, वह सूखी फूल की मालाएँ, नारियल बूच, केले के पत्ते उठाते हुए, जो मन्दिर का कचरा था, पुजारी को कभी-कभी गाली ज़रूर देता था। जब उसके लड़के को चेचक निकली थी तब उसकी पूजा मुझे करनी पड़ी थी।

प्रथम वर्ष से ही मेरी फ़ीस माफ़ हो गई थी। इसके लिए काग़ज़ लेकर मैं प्राचार्य के पास गया था। मैं उन्हें अपने परिवार और परिस्थिति भी समझा रहा था। जब वे काग़ज़ पर दस्तख़त कर रहे थे, तभी तीन-चार फीट की ऊँचाई से ढेर-सा पलस्तर भरभराकर गिरा था और पीपल की उँगली जितनी मोटी जड़ बाहर निकलकर झूलने लगी थी। प्राचार्य चौंक गए थे। चिढ़कर उन्होंने मुंशी जी को आवाज़ दी थी और निकली हुई जड़ की तरफ़ इशारा किया था। मुंशी जी ने जड़ को तोड़ने की कोशिश की तो जड़ दीवाल के कोने तक पलस्तर उखाड़ती चली गई थी। फिर टूटी थी। जड़ के टूट जाने के बाद दस्तख़त कर, फ़ीस माफ़ करने की मंज़ूरी दी थी।

वाणिज्य, अर्थशास्त्र पढ़ना मुझे अच्छा लगता था। अर्थशास्त्र वाले शिक्षक का पहनावा बिलकुल साधारण था। वे प्रायः मलेशिया की पतलून और सफ़ेद कमीज़ पहनते थे। झुककर चलते थे। ज़मीन से यदि कोई चीज़ उठा लें तो किसी का ध्यान भी नहीं जाएगा। हाथ की उँगलियाँ लम्बी और खुरदरी थीं। इतवार के दिन घर की सफ़ाई ख़ुद करते थे। एक दिन की छुट्टी लेकर उन्होंने साइकल को अपने हाथों से पेंट किया था।

बचत कैसे होती है, विषय पर मेरी-उनकी बहस हो गई थी। उनका कहना था कि व्यापार बढ़ाने के लिए ख़रीददार बढ़ाना आवश्यक होता है, जबकि ख़रीददार कम-से-कम ख़रीदकर बचत करता है। मैं सोचता था कि ख़रीदी कम होते-होते बेचना कम होता चला जाएगा और व्यापार धीरे-धीरे ठप्प हो जाएगा। बचत भी आवश्यकतानुसार ख़रीदी के लिए ही होती है, फिर बचत कैसी? पिताजी थोड़े रुपये बचाते थे, फिर उस

रुपये का सामान ज़रूर आ जाता था। मैं समझना चाहता था कि एक आदमी के पास लम्बा-चौड़ा ख़ूबसूरत ख़ुद का बँगला है, वह लगातार क़ीमती ख़रीदी करता है, उसके बाद भी बैंक में उसके रुपये बढ़ जाते हैं। शिक्षक कहते थे कि रुपये का या जायदाद का उपयोग और रुपये बढ़ाने के लिए किया जाएगा तो इसी तरह गड़बड़ी फैलती जाएगी। मैं समझदार कहाँ था?

ये शिक्षक चाक और काले बोर्ड का कभी उपयोग नहीं करते थे। मेरी नज़र काले बोर्ड के चारों तरफ़ दीवाल की दरार में उगी हुई काई पर पड़ती थी। बरसात में तो बोर्ड के कोनों से छोटे-छोटे बारीक लम्बी पत्तियों वाले पौधे निकल आते थे। दीवाल में ऊँचे तक सीड़न रहती थी। देर शाम को जब एक्स्ट्रा क्लास के लिए, मैं सबसे पहले पहुँचता था तो कक्षा के अन्दर टेबिलों पर एक-दो बगुले अन्दर बैठे हुए ज़रूर दिखाई देते थे। उनके उड़ जाने के बाद टेबलों पर गीले पंजों के समान निशान होते थे और अधखाई, छोटी मछली पड़ी मिलती थी। पीपल के पेड़ पर शाम को असंख्य बगुले इकट्ठे होते थे। उनकी लम्बी-लम्बी गर्दन पत्तियों के बीच से बाहर निकलती हुई दिखाई देती थी। चुपचाप पढ़ाई होते समय एक बगुला पैदल लम्बे डग भरते हुए धोखे से दरवाज़े तक आकर पलटकर उड़ जाता था और पीपल के पेड़ पर बैठ जाता था। ठीक इसके बाद देर से आनेवाला सहपाठी अन्दर घुसता था।

महाविद्यालय के चुनाव में और वैसे भी मेढक, कछुआ, बगुला, मगरमच्छ, मछली, तालाब, पानी, क़िला जैसे शब्दों का उपयोग बहुत होता था। क़िले के कारण मुहल्ला क़िलापारा कहलाता था। राजा शब्द का भी उपयोग होता था। बगुले के गले का पंख बहुत ख़ूबसूरत होता है। वैसा ही, जैसे राजे-महाराजे हीरे के साथ पगड़ी में लगाते होंगे। मेरा मकान कंकाली पारा में था। पच्चीस रुपया किराया देते थे।

रास्ते में पुत्तन मिल गया था—ख़ाली झोला लटकाए हुए। झोले की तरह उसका चेहरा भी लटका हुआ था। पुत्तन मेरे छोटे भाई के साथ पढ़ता था।

"कुछ ख़रीदे नहीं?" मैंने पूछा था।

"एक दर्जन मोसंबी ख़रीदनी है। पाँच रुपये दर्जन है। पिताजी चार रुपये दर्जन कह रहे थे।"

"एक रुपये में एक दर्जन केले क्यों नहीं ख़रीद लेते?" मैंने कहा था।

"केले नहीं लेना है। मोसंबी और नमक लेना है।"

"नमक? बीस पैसे में एक किलो है।" मैंने कहा था।

"टाटा का सफ़ेद नमक पचपन पैसे किलो है।" दोस्त ने कहा था।

पुत्तन को मैंने केवल टाटा का सफ़ेद नमक ख़रीदवाया था। मैं उसे चार रुपये दर्जन वाली मोसंबी ख़रीदवा सकता था, लेकिन वे अच्छी नहीं थीं।

बर्तन की ख़रीदी कभी-कभी होती थी। कभी चम्मच, कभी कटोरी या एक थाली। यह काम पिताजी करते थे। धनतेरस के दिन निश्चित ही बर्तन की ख़रीदी होती थी—चाहे एक छोटी कटोरी ही ख़रीदी जाए। घर के अधिकांश बर्तन मैं बचपन से देखता आ रहा था। काँच के गिलास मुझे पसन्द थे। उसका उपयोग सँभालकर करने लायक़ और सफ़ाई का लगता था। लेकिन माँ को काँच के गिलास के फूट जाने का डर लगता था। घर में पीतल का एक बहुत बड़ा गिलास था। छह-सात साल पहले छोटे भाई से यही गिलास पाखाने में गिर गया था। जमादारिन से गिलास निकलवाया गया था। उसी से मँजवाया गया था। फिर आग में तपाकर शुद्ध किया गया था। जमादारिन ने गिलास को अपने लिए माँगा था पर पिताजी ने डाँट दिया था। बाद में—हम पंडित लोग टट्टी से सने गिलास का उपयोग करते हैं, इसकी चर्चा उसने कई घरों में की थी।

पिताजी पैसों की बचत बर्तन ख़रीदकर ही करते थे। जब पैसों की ज़रूरत पड़ती, तो बेच देते थे। वे नये बर्तन नहीं ख़रीदते थे। पुराने साबुत बर्तन ख़रीदते थे। बर्तन की दुकानवाले उनके परिचित थे। लोग नये की आधी क़ीमत से भी कम में पुराने अच्छे बर्तन बेच जाया करते थे। अस्पताल के पास यह दुकान थी, इसलिए अच्छी ग्राहकी थी। देहाती लोग इलाज़ के लिए रुपये लेकर नहीं आते थे, घर के सभी बर्तन उठा लाते थे। दुकानदार पुराने बर्तनों को तेज़ाब से मँजवाकर या बफ़ पॉलिश करवाकर नये की क़ीमत में बेचते थे। इस तरह दुगने से अधिक दुकानदार को मुनाफ़ा होता था।

हैज़ा या अकाल के दिनों को बर्तन की दुकानवाले 'सीजन' कहते थे। पिताजी भी 'सीजन' के समय दुकानों के चक्कर लगाते थे। तब माल इतना आता था कि दुकानदार ख़रीदने से इनकार कर देते थे। देहाती ख़ुशामद कर सस्ते में अपने बर्तन बेचते थे।

काँसे, पीतल के बर्तन टूट-फूट जाने पर भी अच्छी क़ीमत में बिक जाते थे। घर के कबाड़ से लोहे की पट्टियाँ, टूटी सिगड़ी, ज़ंग लगे डिब्बे, बोतलें बेचकर पिताजी और माँ बहुत ख़ुश होते। तब मोलभाव करने के वक़्त माँ दरवाज़े की आड़ में देहरी पर बैठी रहती थी। बेचने के लिए मोलभाव करने में मुझे शर्म लगती थी। कबाड़ पाँच-छह साल में बड़ी मुश्किल से इकट्ठा होता था।

पीतल का सबसे बड़ा जगन्नाथी लोटा, पिताजी के उपयोग के लिए निश्चित था। खाना खाने के बाद लोटे के बचे हुए पानी में वे अपने नक़ली दाँत डुबाकर रख देते थे। छोटा भाई नक़ली दाँतों को पिताजी का मुँह कहता था। दोनों हथेलियों के बीच दोनों जबड़ों को खोलकर वह कहता था—माँ! पिताजी के मुँह में एक कौर रोटी डाल दो। यदि उसके अन्दर रोटी का टुकड़ा डाला जाता तो वह नीचे की हथेली में आकर ठहर जाता। उनके दाँत साल भर पहले स्थानीय दुकान में बने थे। लगातार उसे

लगाने से पिताजी के मसूड़ों और गालों में दर्द होने लगता था। ब्राह्मण होने के कारण, पिताजी कई घरों में निमंत्रित होते रहते थे। कभी-कभी बिना दाँत लिये खाना खाने चले जाते थे। तब माँ के बार-बार कहने पर मुझे साइकिल से जाकर उन्हें दाँत देना पड़ता था। हाईस्कूल तक मैं उनके साथ भोजन के लिए गया था। छोटा भाई भी साथ रहता था। हम लोगों का मन भी नहीं होता था, तब भी प्यार से या डाँटकर दोनों को पिताजी साथ ले जाते थे। लेकिन मैं संकोच करके भी अपने पिता और छोटे भाई से अधिक खाना खाता था। इससे पिताजी बहुत सन्तुष्ट हो जाते थे। परोसनेवाले को भी मना करता तो पिताजी ज़ोर देकर मेरे पत्तल पर चूरमा, लड्डू जैसी अच्छी चीज़ें डलवा देते थे। कन्धे पर अँगोछा रखना उनकी आदत थी। झोले का काम वे अँगोछे से निकाल लेते थे। लकड़ी की टाल से उन्हें डेढ़ सौ रुपया मिल जाता था। खाते-पीते ठीक थे।

अँगोछा हम लोगों ने कभी नहीं ख़रीदा। पाँच-सात अँगोछे ऊपर से पेटी में जमा थे। ये किसी की तेरहवीं या बरसी के दान में मिले थे। घर के कई बर्तन किसी-न-किसी की 'स्मृति' में मिले थे। बड़ा जगन्नाथी लोटा, 'स्वर्गीय गंगादीन की स्मृति' में मिला था। दूसरा लोटा 'बराहिमपुर के मिसिर की बरसी' में मिला था। घर में पन्द्रह जोड़ी खड़ाऊँ और गट्ठर भर जनेऊ रखे थे। जनेऊ पहनना मैंने छोड़ दिया था। हम भाइयों ने घर के बर्तनों का बँटवारा आपस में कर लिया था और थाली-लोटे के नाम रख लिये थे। मेरी थाली का नाम 'दुनिया न माने' था। छोटे भाई की थाली का नाम 'झुमरू', पिताजी की थाली का नाम 'घर-घर में भगवान' और माँ की थाली का नाम 'सन्त सखूबाई' था। ये सब पुरानी फिल्मों के नाम पर थे। यद्यपि उन पर, 'स्व. बिंदादीन शुक्ल' ख़ुदा हुआ था या और कुछ। जो पुराने बर्तन पिताजी ख़रीदकर लाए थे, उनमें भी नाम ख़ुदे हुए थे, जैसे—'धनाराम सतनामी, गाँव ज़ोरा, थाना धरसींवा' या 'बिसाहू बल्द दुकालू, गाँव छोकरानाला, थाना आरंग।' देहाती पुराने

बर्तन क़रीब-क़रीब नये ही होते थे, जबकि शहर के लोग टूटे-फूटे बर्तन बेचते थे। यहाँ तक कि दो-तीन दिन पहले के बेचे गए बर्तन पुराने भाव से ख़रीद लेने का मौक़ा उसी दुकानदार को मिल जाता था।

महाविद्यालय के सालाना समारोह में जो नाटक हुआ था, उसमें दोस्त को एक बहुत बूढ़ा आदमी बनाया गया था। उसे बूढ़ा बनाने में काफ़ी लीपापोती करनी पड़ी थी। वह गोरा-चिट्टा था। यदि वह लम्बा न होता तो उसे एक ख़ूबसूरत लड़की बनाया गया होता, जो मैट्रिक पास है, परन्तु बाप के अचानक मर जाने से आगे न पढ़ सकी। भाग्य से वह, बड़े आदमी की पत्नी होकर सुखी हो गई। दोस्त ज़्यादा दुबला न होता तो उसे ज़िलाधीश का पुत्र बनाया गया होता और गोरा-चिट्टा सुन्दर न होता तो उसे नौकर बनाया गया होता। शिक्षक उसे हर हालत में नाटक में लेना चाहते थे। मेरे छोटे भाई को कोई काम नहीं दिया गया था। मैंने बुरा नहीं माना था।

[बाद में वैसे भी लड़के बेकार हो जाते थे, लेकिन एक-दो लड़के बेकार नहीं होते थे। लड़के जो रसायनशास्त्र में होशियार होते थे, उनमें से अधिकतर भौतिकशास्त्र में भी होशियार रहते थे। बहुत-से फेल हो जाते थे। पढ़ाई में जो अच्छे विद्यार्थी थे, वे प्रायः सभी अच्छे घरों के थे। हमेशा सर्वप्रथम आनेवाला हुकुमचन्द कोठारी कई चावल मिलों के मालिक का लड़का था।]

नाटक में नौकर का काम द्वितीय वर्ष के एक बदमाश लड़के को दिया गया था। वह नौकर बनने लिए आसानी से तैयार हो गया था। हम लोगों ने उसे इस रद्दी काम के लिए मना भी किया था। वह कहता था—मालिक बना लड़का उससे कभी भी पिट सकता है, बात सच थी। पहले वह प्रथम वर्ष में मेरे साथ ही पढ़ता था। किसी एक दिन यदि वह नंगी तसवीरें दिखाता था तो दूसरे दिन उसी फ़ोटो में हमें अधिकांश औरतों के पेट फूले हुए-से लगते थे, इसी तरह उसकी ऊपर उठी मूँछें थीं।

छोटे भाई ने माँ से कहा था, "नाटक में पिताजी बूढ़े आदमी क्यों नहीं बन जाते? वे तो बूढ़े हैं ही, घर में त्रिफला चूर्ण और दन्तमंजन बनाते रहते हैं। उनकी नाक मोटी, इसलिए हमारी भी नाक मोटी। उनके नाख़ून बड़े इसलिए हमारे भी नाख़ून बड़े। वे कहाँ के रईस! पान कूटकर खाते हैं। चना पिसवाकर खाते हैं। हमारे इस्तेमाल के लिए नक़ली दाँत छोड़कर मर जाएँगे। ऊपर का जबड़ा बड़े भाई का, नीचे का जबड़ा मेरा होगा।"

मैंने पिताजी से कहा था, "पिताजी, मैं इस साल भी पास हो जाऊँगा। म्युनिसिपैल्टी के नाके में तिवारी जी आपके कहने से मुझे नौकरी दे देंगे।"

म्युनिसिपैल्टी के सेक्रेटरी बलदेवप्रसाद तिवारी से पिताजी की अच्छी पहचान थी। उनकी पहचान के कारण घर का पाखाना और नाली, दोनों समय साफ़ होती थी। पिताजी की शिकायत से दो बार जमादारिन बदली गई थी।

जमादारिन जैसे ही मुझे देखती थी, तुरन्त झाड़ू टोकनी नीचे रख सीधे खड़ी हाथ जोड़ती थी। यह जमादारिन का शिष्टाचार था। मैं हाथ में किताब या झोला लिये ही शिक्षक या बलदेवप्रसाद तिवारी के मिल जाने पर नमस्कार करता था। जब मैं छोटा था तब पड़ोस का नाऊ मुझे देख जानबूझकर 'पालागी' कहता था। जवाब में मैं भी उसे 'पालागी' कहता था। तब वहाँ बैठे हुए लोग हँसते थे। पिताजी ने बाद में मुझे समझाया था कि 'पालागी' यदि कोई कहे तो जवाब में 'आशीर्वाद' या 'ख़ुश रहो' कहते हैं।

जमादारिन को माँ सूखी पूड़ी-रोटी देती थी, तो उसे ज़मीन पर रख देती थी। घर में कोई ऐसा काम होता जिसमें छूत का अधिक डर होता तो माँ कोसे की धोती पहनती थी। पिताजी का कहना था कि कोसा, ऊन, सोना, रुपया इत्यादि में छूत नहीं होता। मैं पिताजी से कहता था, ये सभी तो क़ीमती चीज़ें हैं, कोई सस्ती चीज़ बतलाइए। जब मैंने उनसे

कहा था कि 'ग़रीब छूत होता है', तब पिताजी ने कहा था, "हम भी तो ग़रीब हैं।" पिताजी चिढ़ गए थे।

"हम लोग बीस बिसवा ब्राह्मण हैं। ग़रीब रहेंगे तब भी बड़े रहेंगे।" छोटे भाई ने कहा था।

चिढ़कर मैं गर्मियों में भी पन्द्रह-पन्द्रह दिनों बाद माँ के रोने-चिल्लाने पर नहाता था। जाड़ों में महीनों बिना नहाए रहता था। माँ मुझे 'म्लेच्छ' कहती थी।

पिताजी के एक परिचित ब्राह्मण थे, उनसे बातचीत में मुझे घबराहट होती थी। जब उधार लेना होता था तभी पिताजी मुझे उनके पास भेजते थे।

"पिताजी ने पचास रुपये माँगे हैं।"

"जनेऊ पहने हो?"

"नहीं।" मैंने कहा था।

"जाओ, पहले नहा-धोकर जनेऊ पहनकर आओ, तब रुपये मिलेंगे।"

पिताजी डर के कारण ख़ुद नहीं जाते थे। मजबूरी में नहा-धोकर, जनेऊ पहनकर घंटे भर बाद उनके पास पहुँच गया था। उधार के पैसे ठीक समय पर न मिलें तो वे मारपीट करते थे। उनकी कुछ कहावतें थीं; जैसे—'हारे व्यवहारे लज्जा न करें', 'बाँटे पूत पड़ोसी बराबर', 'दाता से सूम भला जो तुरन्त दे जवाब', 'बिना मरे स्वर्ग नहीं दिखता' इत्यादि।

साल भर पहले से ही कुंडली की माँग होने लगी थी। माँग जवाबी कार्ड में होती थी। उन जवाबी कार्डों में पिताजी कुंडली उतारते या छोटा भाई उतारता था। पत्र-व्यवहार में पिताजी 'संकल्प' अवश्य पूछते थे। उनका आशय दहेज से रहता था। एकाध बार लड़की के पिता को लेकर महाविद्यालय भी पहुँच जाते थे—इतना उत्साह रहता था मुझे दिखाने का। 'देखवा' लोगों को मैं तुरन्त पहचान जाता था। उनके हाथ में एक झोला

होता जिसमें एक दरी, एक-दो जोड़ा कपड़ा और सबसे ऊपर लोटा। उन्होंने मेरे बारे में प्रचारित कर रखा था कि पास होते ही मुझे नौकरी मिल जाएगी। जिसे थोड़ी-बहुत शंका होती, उसे बलदेवप्रसाद तिवारी के पास ले जाते थे, और जिन्हें जवाब नहीं देना होता था, उसके जवाबी कार्ड का उपयोग सिकठियापुर के चाचा के लिए करते थे। पत्रों का जवाब उन्होंने कभी नहीं दिया। उन्हें डर लगता था कि पिताजी कहीं पाँच बीघा ज़मीन हिस्से में लेने न पहुँच जाएँ। हर साल सिकठियापुर जाने की बात पिताजी करते थे, लेकिन पैसे इकट्ठे नहीं होते थे। मैं जब छह-सात महीने का था तब सब लोग सिकठियापुर गए थे, बीस साल हो गए।

जमादारिन माँ से मेरी शादी के समाचार लेती थी और माँ ने उसे शादी में एक साड़ी देने को कहा था। जमादारिन ख़रीददारिन कहाँ थी? पाँच पैसे मिलते ही वह ख़रीददारिन हो जाती थी। माँ से उसे उन घरों का पता चल जाता था, जहाँ पिताजी खाने के लिए निमंत्रित होते थे। बहुत-से लोग खाने के लिए आते थे। इसलिए बचता भी बहुत था। जमादारिन घूरे के पास बैठकर उसका इन्तज़ार करती थी। घूरे की हैसियत भी थी। नत्थानी सेठ के घूरे में हमारे जैसे लोगों के काम की बहुत-सी चीज़ें मिल सकती थीं। शायद उन चीज़ों को इस तरह फेंकना मैं पसन्द नहीं करता। हमारे घूरे से जमादारिन कोई अपने काम की चीज़ पा जाती थी तो मुझे आश्चर्य नहीं होता था। मैं सोचता था कि क्या जमादारिन के घर भी घूरा होता होगा? कचहरी के पिछवाड़े के घूरे से छुटपन में कार्बन काग़ज़, रबर, पेंसिलें, होल्डर, निब, स्याही की पुड़िया, कोरे काग़ज़, टिकटें, बड़े-बड़े लिफ़ाफ़े उठा लाते थे। जमादारिन से मैं सबसे ज़्यादा चकित इसलिए था कि वह सिर पर राख से सनी टट्टी की टोकनी और कमर में रोटी की पोटली खोंस लेती थी।

सालाना समारोह के कारण छात्रावास में देर तक बड़ी चहल-पहल थी। बत्तियाँ जल रही थीं, केवल चार-पाँच कमरों में अँधेरा था। एक तरफ़ लाइन से बने पच्चीस कमरों का छात्रावास था। अधिकांश कमरे ख़ाली थे। कुछ लड़के चड्डी-बनियान पहने झुंड में गुड़ाखू का मंजन कर रहे थे। ये सब लड़के सोने की तैयारी में थे। बरामदे में भाषा के शिक्षक खड़े थे। नाटे क़द के थे, इसलिए गठीले लगते थे। खेलकूद के साथ नाटक इत्यादि की भी इनकी ज़िम्मेदारी थी। लड़कों से शिक्षक घिरे हुए थे। ज़ोर-ज़ोर से बहस हो रही थी। जब बहस बढ़ने लगी तो एक-एक कर सभी गुड़ाखू करते हुए लड़के भी उनमें शामिल हो गए। जैसे पूरे एक सेकंड के लिए बारह बजते हैं, उसी तरह झगड़ा शुरू होने की ठीक पहली स्थिति थी। बरामदे में से शिक्षक उतरकर मैदान की ओर खड़े हो गए थे। उनके साथ-साथ सभी लड़के इस तरह आगे बढ़ गए थे, जैसे शिक्षक के साथ लड़के जुड़कर झुंड हो गए थे और झुंड आगे-पीछे खिसकता था। झुंड बरामदे से दूर चला गया था, लेकिन जगह-जगह बरामदे के पास झुंड से छूटकर चड्डी-बनियान पहने लड़के गुड़ाखू करते हुए खड़े रह गए थे। ये फिर बरामदे के ऊपर लाइन से बैठ गए थे।

[उधर झुंड के साथ आठ लड़कों के पास हॉकी स्टिक हो गई थी। क्रिकेट का बल्ला हो गया था। एक लड़के के पास फुटबॉल भी था। वह बड़ी मस्ज़िद के पास रहता था। हॉकी स्टिक ब्राह्मण पारा के लड़कों के पास थी। जिनके पास कुछ नहीं था, उनमें कबड्डी, खोखो के खिलाड़ी थे। शिक्षक ग़ुस्से में लड़के से फुटबॉल लेकर मैदान की तरफ़ भाग गए थे, 'हो-हो!' का हल्ला था। मैदान के किनारे जो हरी झाड़ियाँ थीं, रात में अँधेरी झाड़ियाँ थीं। उसी तरफ़ शिक्षक ने फुटबॉल उछाल दिया था। भद्द-भद्द-भद्द—रुक-रुककर फुटबॉल की आवाज़ हुई थी। विद्यार्थी झुंड से इधर-उधर चारों तरफ़ दौड़ रहे थे। झुंड ग़ायब हो चुका था। कुछ लड़के बहुत ग़रीब थे, लेकिन अँधेरे में उछल-कूद

करते हुए उन्हें कैसे पहचाना जा सकता था? कुछ लड़के ब्राह्मण और मुसलमान के अलावा दूसरी जाति के भी थे। शिक्षक ने जेब से सीटी निकाली होगी, फिर घर चले गए होंगे।

उनके लिए कोई लगातार सीटी बजा रहा था, ऐसा वे सोच रहे होंगे और बार-बार उनसे ग़लती होती थी, होनेवाली सुबह के लिए उन्होंने चश्मा ढूँढ़ा होगा। सुबह होते ही साफ़-साफ़ दिखना, चश्मा लगा लेने जैसा था। उनकी आँखें कमज़ोर कहाँ थीं? उन्हें पुस्तकालय की पुस्तक फटी हुई दिखी होगी। एक छोटी काँच की गोली उन्हें फुटबॉल की तरह बड़ी दिख सकती थी। चारों तरफ़ ठसाठस हवा भरी थी, थोड़ी भी हिलती-डुलती नहीं थी। जहाँ तक अँधेरे में दृष्टि जाती थी, वहाँ मेरा फुटबॉल था जिसके अन्दर मैं था। किसी की लात खाया हुआ-सा जा रहा था। मैं ऐसा क्यों सोचता था?]

वैसे शिक्षक खेलने के कमरे में बैठे दिखते थे, खेल का कमरा बहुत छोटा था। तरह-तरह के खेल के टूटे-फूटे सामान से कमरा अटा पड़ा था। उनके टेबल से सटे दो मुगदर रखे थे। टेबल पर ढेर-से अस्त-व्यस्त काग़ज़ क्रिकेट की गेंद के नीचे दबे थे। उनका अपना वज़नदार गोल सिर जैसे उनके अस्त-व्यस्त शरीर को पेपरवेट की तरह दबाया हुआ था। वे सबसे खिलाड़ी भावना की अपेक्षा करते थे। जब वे सिर थामकर सोचते थे तो उनकी मुद्रा, अपने को बचाने के लिए फुटबॉल फेंकने की होती थी। पर जिस जगह उनका सिर था, वहीं होता था। कुछ भी हो सकता था। आम तौर पर समस्या थी और समस्या नहीं थी।

महाविद्यालय का नाटक देखने के लिए बहुत लोग आए थे। मेरे पिता और दोस्त के पिता नहीं आए थे। दोस्त के पिता की ज़र्दा-तम्बाखू की छोटी-सी दुकान थी। दोस्त भी बहुत ज़र्दा खाता था। क़रीब एक बजे रात को नाटक ख़त्म हुआ था। एक बड़े हॉल में नाटक हुआ था। सामने की

कुर्सी पर म्युनिसिपैल्टी के सेक्रेटरी बलदेवप्रसाद तिवारी भी बैठे हुए थे। नाटक देखते समय मैं उन्हें बार-बार देखता था। उन्हें हँसता देख मुझे भी ख़ुशी होती थी लेकिन वे पूरा नाटक ख़त्म होने के पहले ही चले गए थे। नाटक जब ख़त्म हुआ था तब सामने की दरी पर आधे से ज़्यादा स्टेज के तख़्त के नीचे घुसा हुआ चौकीदार सो रहा था। मुहल्ले के दो लड़के भी नींद में वहीं पड़े हुए थे।

दोस्त का काम सबसे अच्छा था। नाटक ख़त्म होते ही पाँच मिनट में क़रीब-क़रीब पूरा हॉल ख़ाली हो गया था। कुछ लोगों के पास टॉर्च थी। टॉर्च वालों के साथ बिना टॉर्च वाले शामिल हो गए थे। ज़मीन ऊबड़-खाबड़ थी और अँधेरा था। टॉर्च वालों के साथ एक-दो उनके मित्र हो सकते थे, जो टॉर्च के उजाले का फ़ायदा उठा रहे थे और बाक़ी ऐसे ही थे। बलदेवप्रसाद तिवारी मोटर में अपने मित्रों के साथ गए थे। मोटर में अकेला आदमी भी गया था, वह मजिस्ट्रेट था। टॉर्च का उजाला कोई मोटर नहीं था जिसकी सवारी का फ़ायदा किसी ख़ास को होता और किसी को नहीं होता। सड़क सार्वजनिक थी। जब तक भीड़ आस-पास रही, रात का डेढ़ बजना डेढ़ बजने की तरह नहीं लग रहा था। फिर अचानक ही रात के दो बजने लगे थे। सभी बड़े बल्ब बुझा दिए गए थे। छोटे-छोटे बल्ब जल रहे थे।

मंच के पीछे से आवाज़ आ रही थी। वहाँ विद्यार्थी अपनी-अपनी वेशभूषा उतार रहे थे और प्राचार्य के साथ तीन शिक्षक कुर्सियों पर बैठे चाय पी रहे थे। नौकर बना हुआ बदमाश लड़का एक कोने में नाटकवाली वेशभूषा में बैठा हुआ था। वह बीड़ी पी रहा था। चाय पीते-पीते प्राचार्य उठे, उस लड़के की पीठ पर घूसा मारा और बीड़ी उसके मुँह से निकालकर तालाब की तरफ़ वाली खिड़की से बाहर फेंक दी। मैंने सोचा था, एक बीड़ी बुझाने के लिए एक तालाब इतना पानी चाहिए। नाटक में वह ज़रूरत से ज़्यादा घिघिया रहा था। कामचोर और सामान-

चोर नौकर था। उसे तनख़्वाह ठीक वक़्त में नहीं दी जाती थी। वह बारह रुपये महीने पर नौकर था। नाटक के बाद भी नाटक का वातावरण था। प्राय: हर साल नाटक में यदि नौकर हुआ तो बदमाश लड़का ही नौकर बनाया जाता था।

प्राचार्य के जाने के बाद लड़की बना हुआ लड़का परदे के पीछे से निकलकर तेज़ी से बाहर चला गया था। उसके पीछे-पीछे एक शिक्षक भी चले गए थे। एक बड़ी काठ की पेटी के अन्दर नाटक का सामान भरा जा रहा था, वहीं दोस्त था। मुझे उसने थके-थके कहा, "मेरे जूते नहीं मिल रहे हैं।"

उसने भी अपना चेहरा साफ़ नहीं किया था। हम दोनों को घर जाने की जल्दी थी। मैंने कहा, "तुम ऐसे बूढ़े हो जो अपना जूता ढूँढ़ नहीं पाते?"

एक शिक्षक से पूछकर हम निकल गए थे।

घर पहुँचने के लिए मैं तेज़ चलना चाहता था, जबकि दोस्त मस्ती में था।

"साढ़े आठ बजे के बाद ही बाज़ार बन्द हो जाता है।" दोस्त ने कहा था।

"बाज़ार के बन्द हो जाने के दो-तीन घंटे तक सन्नाटा नहीं होता था। रात-भर दुकानें खुली रहनी चाहिए।" ख़ाली झोले को अँधेरे में गोल-गोल झुलाते हुए मैंने कहा था।

हम लोग सड़क पर आ गए थे। सड़क के किनारे ही एक नये ख़ाली मकान के सामने खड़े होकर मैंने ज़ोर से कहा था, "यह मकान बिकाऊ नहीं है।"

"बिकाऊ होता तो भी मकान तुम्हारे झोले के अन्दर नहीं आता। इस मकान को घर तक कैसे ले जाएँगे?" दोस्त ने कहा था।

"जब तुम्हारे पास घर है, तो तुम मकान क्यों ले जाओगे?" चिढ़कर मैंने कहा था।

बाज़ार के पास पहुँचकर दोस्त ने कहा था, "मैं बहुत बूढ़ा हूँ, मुझे सहारा चाहिए।"

उसकी बात सुनकर मैं मुस्कुराया था और उसकी बदमाशी में शामिल हो गया था। मैंने उसे सहारा दिया था। मेरे दाहिने कन्धे पर उसका बायाँ हाथ था।

"तुम्हारा चेहरा तुम्हारे पिता से मिलता-जुलता है।" सुनकर वह दमे के मरीज़ की तरह खाँसने लगा था।

यह भी उसकी बदमाशी थी। उसकी खाँसी की आवाज़ सुनकर कसाई बाज़ार के पचासों कुत्ते एक साथ भौंकने लगे थे। दोस्त ने सुनकर तुरन्त खाँसना बन्द कर दिया था। दोस्त डर रहा था।

खुले में हमारे बिलकुल पास ही एक नीम का पेड़ था। अँधेरे में नीम का पेड़ असली नीम का पेड़ नहीं लगता था। नीम की-सी वेशभूषा में कोई दूसरा पेड़ लगता था। इसी तरह के कई पेड़ थे। फिर मजिस्ट्रेट का बँगला था। बाहर उनकी मोटर खड़ी थी। बरामदे की बत्ती जल रही थी। वहाँ के सन्नाटे में ऐसा कुछ पता ही नहीं चलता था कि वे हमारे कार्यक्रम में शामिल हुए थे। बँगला भी ऐसा, जैसे मजिस्ट्रेट के बँगले की वेशभूषा में था। सारा का सारा वातावरण ही किसी नाटक से बाहर निकल आया था, और अपनी वेशभूषा नहीं उतारा था।

"तुम्हारी दुकान की अच्छी बिक्री है।" मैंने कहा था।

"जो बात नाटक में नहीं थी, उसे क्यों बोलते हो?" दोस्त ने कहा था।

बिलकुल पास से, पीछे से हमें किसी ने आवाज़ दी थी। वे शिक्षक थे। टॉर्च लेकर तेज़ी से चले आए थे।

"श्यामलाल गुप्ता, तुमने नाटक के कपड़े नहीं उतारे?" हमारे चेहरों पर लाइट मारते हुए उन्होंने कहा था। "चाय-नाश्ता भी नहीं किए और भाग आए? नाटक के सामान की ज़िम्मेदारी मेरी है।"

"मेरा जूता खो गया है। उसका क्या होगा?"

“दो जूते मुझे मार लेना।” शिक्षक भुनभुनाते हुए लौट गए थे।

एक बड़ा मैदान था। घुप्प अँधेरा होने से मैदान ज़मीन से बहुत ऊँचे तक अँधेरे की मोटाई पाकर, ऊपर-नीचे चारों तरफ़ फैल गया था। मैं अन्दाज़ और अनुभव से जानता था कि ज़मीन कहाँ है। और उसी अनुभव से, पगडंडी से मैदान को पार करना चाहता था।

मैदान से लगा हुआ एक तरफ़ प्राइमरी स्कूल था। दूसरी तरफ़ टीले के ऊपर इमली का बहुत बड़ा पेड़ था। टीले के नीचे ईदगाह था। अस्पताल के पिछवाड़े और ईदगाह के पिछवाड़े से एक गली जाती थी। इसी गली में बीड़ी का एक कारख़ाना था : ‘रणधीर बीड़ी का कारख़ाना’। इस कारख़ाने के आस-पास का इलाका भरकापारा कहलाता था। बेहद गन्दा मुहल्ला था। मुहल्ले में अधिकांश महार जाति के लोग बसे थे। यही बीड़ी मज़दूर थे। घर भर आदमी, बीवी-बच्चे झूम-झूमकर बीड़ी बनाते थे। टीले के पीछे टट्टी करने के लिए इसी मुहल्ले के लोग जाते थे। यही बदबू आने लगी थी। इसी मुहल्ले में लाल झंडे का छोटा-सा अकेला दफ़्तर था। यहीं से कभी-कभी सौ-पचास आदमियों का जुलूस ज़ोर-ज़ोर से चिल्लाता हुआ निकलता था। औरतें और बच्चे भी होते थे। आठ-नौ साल के बच्चे तेज़ी से बीड़ी बनाते थे। यही लोग पहली, चौथी के बाद पढ़ाई छोड़ देते थे और मज़दूरी कर पैसे कमाते थे। पिताजी कभी पढ़ाई के लिए डाँटते थे तब यह ज़रूर कहते थे, “पढ़ोगे नहीं तो क्या बीड़ी बनाओगे?”

इस मुहल्ले का एक भी लड़का महाविद्यालय में नहीं था। छोटे भाई से कुछ दिन पहले ही पिताजी ने कहा था, “जाओ, बीड़ी बनाना शुरू कर दो।”

उसने पिताजी से कहा था कि उसका मन पढ़ाई में नहीं लगता। वह कुछ कमाना चाहता है। मैं समझ गया था, यदि वे लोग घर भर मिलकर बीड़ी बनाकर कमाएँगे नहीं तो खाएँगे क्या?

हम लोग कुछ काम भी करें और पढ़ाई भी करें, यह पिताजी को अच्छा नहीं लगता था। वे कहते थे, "भले परिवार में केवल एक आदमी कमाता है, बच्चों को लायक़ बनाता है। लायक़ बनने के बाद ही कमाई करनी चाहिए, चाहे इसके लिए एक समय खाना खाना पड़े।"

लायक़ बनने के बाद भी दोनों समय का खाना, यही तो सब कुछ कमाना था। इससे ज़्यादा कुछ भी नहीं हो सकता था।

प्राइमरी स्कूल में थे, तब इस मैदान में बहुत खेलते थे। एक खेल था कि उड़ती चील की परछाईं में यदि कोई काग़ज़ रख दे तो वह परछाईं को छूते ही रुपया बन जाएगा। काग़ज़ों के टुकड़े जेब में भरकर हम लोग चील का इन्तज़ार करते थे। चील आकाश में गोल-गोल चक्कर लगाती रहती थी। उसकी परछाईं ज़मीन पर ऊबड़-खाबड़ जगहों से तेज़ी से फिसलती हुई टीले के ऊपर चढ़ जाती थी। हाथ में काग़ज़ लेकर झुके-झुके हम लोग परछाईं के पीछे-पीछे भागते थे। मौक़ा देखकर तुरन्त काग़ज़ परछाईं में डाल देते थे। लेकिन तब तक परछाईं काग़ज़ को बिना छुए पहले ही दूर चली जाती थी। काग़ज़ पिछड़कर हवा से इधर-उधर उड़ जाता था। कॉपियों के बहुत-से कोरे काग़ज़ ऐसे ही बरबाद हो गए थे। क्योंकि मौके पर फ़ालतू काग़ज़ नहीं होते थे। इमली के पेड़ के ऊपर मैं अच्छी तरह चढ़ जाता था। पेड़ के ऊपर जब किसी लड़के को पेशाब लगता था तो वह ऊपर से ही पेशाब कर लेता था। लेकिन मैं पेड़ पर चढ़ने के पहले पेशाब कर लेता था या पेड़ से उतरकर करता था।

"ऊपर उड़ती हुई चील दिखलाई दे रही है?" मैंने पूछा था।

"अँधेरे में कैसे दिखाई देगी?"

"कुछ फ़ालतू काग़ज़ होंगे?"

"फाउंटेनपेन है!"

"चील की परछाईं में फाउंटेनपेन रखने से क्या होगा? अँधेरा एक बहुत बड़ी चील की परछाईं है।"

जेब में एक छोटा-सा काग़ज़ मुझे मिल गया था। सामान की ख़रीदी में ख़र्च हुए रुपयों की रसीद थी। हम दोनों झुककर ज़मीन पर रखे उस काग़ज़ के टुकड़े को देखते रहे। तभी दोस्त ने काग़ज़ उठाकर अपनी जेब में रख लिया था। लेकिन मैंने झपटकर उससे काग़ज़ छीन लिया था। काग़ज़, काग़ज़ ही था।

मंगलवार को पूरा बाज़ार बन्द रहता था। मंगलवार को मैं देर तक पढ़ता था। बाज़ार का बन्द मुझे अखरता था। पढ़ाई करने के लिए घर में कोई अलग से कमरा या एकान्त जगह नहीं थी। मुझे महाविद्यालय की काठ की सन्दूक की याद आती थी। सन्दूक इतनी बड़ी थी कि दो लोग घुसकर आराम से बैठ सकते थे। वैसे घर भी सन्दूक की तरह था। शाम होते ही चिरायँध गंध चारों तरफ़ फैल जाती थी। पूरे मुहल्ले में यही गंध थी। माँ से मैंने मुहल्ले की इस गंध के बारे में पूछा था। उनका कहना था, गंध अलसी के तेल की थी। फल्ली के तेल का उपयोग हम लोग करते थे। फल्ली तेल महँगा था। परीक्षा के पास आते ही बाज़ार का काम मैं बन्द कर देता था। पिताजी के ठगाने का डर मुझे रहता था। हर बार क़ीमतों के बढ़ जाने की आशंका रहती थी।

माँ के पास भी एक काठ की छोटी-सी सन्दूक थी। वह अजिया की सन्दूक थी। इस सन्दूक में छोटे-छोटे कई ख़ाने बने थे। इनमें चिल्लर पैसे, सुपारी, दुर्गा की पोथी व दो बँटी हुई हल्दी लगी सुतली थी। एक में मेरी उम्र इतनी गठानें थीं, दूसरे में छोटे भाई के उम्र इतनी गठानें थीं। माँ को अफ़ीम खाने की आदत थी। चिक्कट अफ़ीम को बारीक़ छनी राख की सहायता से छोटी धनियाँ इतनी गोली बनाकर रखती थीं। माँ बहुत बूढ़ी लगती थी। लकड़ी की चौड़ी कंघी से वह अपने बाल कोरती थी। कंघी में टूटे-फँसे बालों को इकट्ठा कर वह उसे बँटकर सुतली बनाती थी। उसके बाल इसी सुतली से बँधे रहते थे। माँ से मैं मज़ाक

करता था कि घर भर के बाल इकट्ठा कर मेरे लिए एक स्वेटर बुन दो, या सिर मुँड़ाकर अपने बाल दे दूँ, फिर उसकी टोपी बुन दो। सन्दूक के ख़ानों में टूटे बालों का गुच्छा, बालों की सुतली और काठ की कंघी, अफ़ीम की डिब्बी भी रहती थी। सन्दूक में ताला बन्द था और चाबी माँ के गले में लटकी थी।

मंगलवार को दोस्त घर पर पढ़ाई करने आया था। योजना बनाकर पढ़ाई करने से, कुछ पढ़ाई हो जाती थी। दोस्त के पास सभी किताबें थीं। वह मुझसे होशियार था। सभी बरामदे में चटाई बिछाकर पढ़ने बैठे थे। दोनों भाई एक ही तरह के कपड़े पहने थे—नीली कमीज़ और ख़ाकी हाफ़पैंट। जमकर पढ़ने का इरादा था। दोस्त के मुँह से बदबू आ रही थी।

"तुम ज़र्दा नहीं खाते तो तुम्हारे मुँह से बदबू आती है।" मैंने कहा था।

"कहाँ?" दोस्त ने ठीक मेरी नाक के पास आकर फिर 'हा' कहकर ढेर-सी बदबूदार हवा फेंकी थी। मैंने उसे ढकेल दिया था। छोटे भाई ने उसके दोनों हाथ पकड़ लिये। फिर मैंने भी 'हा! हा! हा!' कहकर बदला लिया था, तभी पिताजी आ गए थे। दाहिने हाथ में फल्ली तेल की बोतल लटकाए हुए थे और बाएँ हाथ की मुट्ठी में पेट के नीचे धोती दाबे थे। दरवाज़े के पास चप्पल उतारकर अन्दर घुसने लगे थे।

"पिताजी, नमस्ते! पिताजी, नमस्ते!" दोस्त ने कहा था।

"ये मंगलवार को कौन-सी दुकान खुली थी?" मैं हाँफ रहा था।

"नयापारा में एक दुकान है।" पिताजी ने कहा था।

"ठगा गए होंगे।" धीरे से मैं बड़बड़ाया था।

"घर में तेल नहीं था।" पिताजी ने कहा था।

"तरकारी कैसे बनती? बिना तरकारी के तुम खाना खा नहीं सकते!" माँ ने कहा था।

"अब बनेगी तो भी नहीं खाऊँगा।" छोटे भाई ने कहा था।

"नौ रुपये किलो है। साफ़ तेल है।" पिताजी ने कहा था।

"एक दिन रुक जाते तो मैं आठ रुपये किलो में ले आता।"

"चुप रहो!" पिताजी चिल्लाकर अन्दर घुस गए थे। उनके पीछे-पीछे माँ चली गई थी।

"तुम बतला सकते हो, तेल की बोतल कहाँ होगी?" मैंने दोस्त से पूछा था।

"मुझे क्या मालूम! चौके में होगी।"

"हाँ, चौके में कहीं कीले से टँगी होगी।" छोटे भाई ने कहा था।

आँगन की तरफ़ से ज़मीन खोदने की आवाज़ आ रही थी।

"पिताजी तेल की बोतल ज़मीन में गाड़ रहे हैं।" छोटे भाई ने कहा था।

"चलो, सब लोग देखेंगे।" दोस्त ने कहा था।

"गाड़ेंगे क्यों? बोतल में ढक्कन नहीं है। उसमें मिट्टी नहीं घुस जाएगी?" मैंने कहा था।

तीनों जब अन्दर गए थे तो पिताजी घर के बोरे झटकार रहे थे।

एक झटकारे हुए बोरे को बिछाकर वे माँ के पास बैठ गए थे।

"पुराना काँसा साढ़े उन्नीस रुपये किलो हो गया है।" माँ से पिताजी कह रहे थे।

"और नया काँसा?" मैंने पूछा था।

"चालीस रुपये किलो है। पुराना पीतल तो पन्द्रह रुपये किलो तक जा रहा है।"

"पिताजी, दो किलो वाली थाली बेच दीजिए, बेकार रखी है।"

"तेरी माँ की शादी में आई थी।"

"साइकिल के दोनों टायर, ट्यूब बदलवाना है।" छोटे भाई ने कहा था।

तेल की बोतल हम लोगों को कहीं नहीं दिखी।

"तेल कहाँ है? मैं उसे लौटा दूँगा।"

"रहने दो।" पिताजी आलू काटने लगे थे।

माँ गन्दी साड़ी ओढ़े कोने में पड़ी थी। पैर भर खुले थे। सूखे झुर्रीदार पतले पैर में चाँदी की छल्लियाँ पड़ी थीं। अँगूठे के पासवाली उँगली में बिछिया।

"अम्मा, ओ अम्मा, उठो।" मैं चिल्लाया था।

"लेटी रहने दो!" पिताजी ने कहा था।

"तुम्हारे एक पैर की बिछिया कहाँ गई?" छोटे भाई ने कहा था।

हड़बड़ाकर अम्मा उठी और शोर सुनकर फिर लेट गई।

"पगला गई हो?" पिताजी चिढ़कर कह रहे थे।

बोतल खूँटी में टँगी है। दोस्त ने इशारा किया था।

बोतल के ऊपर एक ख़ाली झोला भी टँगा था। उन्होंने आलू काटना बन्द कर दिया था। तीनों बाहर निकल आए थे। बोतल मेरे हाथ में थी। छोटे भाई से मैंने कहा था, "तुम जाकर पढ़ो।"

"मैं भी चलूँगा।" छोटे भाई ने कहा था।

वह बोतल अपने हाथ में रखना चाहता था। "नहीं," ग़ुस्से से मैंने कहा था।

बोतल लेने के लिए उसने हाथ बढ़ाया तो मैंने बाएँ हाथ से उसके बाल पकड़कर, उसे पीछे ढकेल दिया था। छोटा भाई लौट गया था। आख़िर मैं क्या कर सकता था, पढ़ाई भी ज़रूरी थी। कपड़े बदलकर मैं नहीं आ पाया था। नई ख़ाकी पैंट पहने हुए था। मैं सोच रहा था कि मुझे ख़ाकी पैंट पहने देखकर दुकानदार प्रभावित नहीं होगा और तेल वापस करने से इनकार कर देगा।

और ऐसा हुआ भी था। तेल वापस लेने से दुकानदार ने इनकार कर दिया था। दुकान से और आगे निकलकर मैं रेल की पटरियों की तरफ़ चला आया था। दोस्त पहले ही अपने घर चला गया था। पटरी से दूर एक शीशम के पेड़ के नीचे दो अभिभावक जैसे लोग बैठे थे।

"पंडितजी के बेटे हो क्या?" एक चिल्लाया था।

"जी हाँ।" मैंने कहा था।

"घर से झगड़ा कर निकले हो? परीक्षा अभी तक शुरू नहीं हुई?" वही चिल्लाया था।

"नहीं।" मैं उनकी तरफ़ मुड़कर खड़ा हो गया था।

"तो यहाँ क्या करने आए हो? जाओ, घर जाओ, मेल आने का टाइम हो गया है।"

मैं पलटकर चलने लगा तो उन्हें तेल की बोतल दिखी थी।

"बोतल में क्या है?"

"मूँगफली का तेल है।"

दोनों ज़ोर-ज़ोर से हँस रहे थे।

रास्ते में कुछ तेल छलक गया था। परीक्षाफल निकलने के दिन अभिभावक अपने लड़कों के कारण परेशान हो जाते थे। दो साल पहले स्कूल का एक लड़का फेल होने के कारण रेल से कटकर मर गया था। परीक्षाफल के दिन अभिभावक लोग रेल की पटरियों, तालाबों व कुओं के आस-पास रहते थे, पुलिस भी रहती थी। महाविद्यालय की तालाब की तरफ़ खुलने वाली खिड़कियाँ बन्द कर दी जाती थीं। मैं अपने को कोस रहा था कि मैं पटरियों की तरफ़ क्यों गया?

पिताजी को मैंने मना कर दिया था कि मैं अभी शादी नहीं करूँगा। आवाज़ मेरी और भी ज़्यादा भर्रा गई थी। मैं बहुत ज़ोर से चिल्ला सकता था। दोस्त से मेरी कई बार मारपीट हो गई थी। बाज़ार की तरफ़ घूमना कम हो गया था। वैसे भी ख़रीदी कम होती थी। शाम को 'भरकापारा वाचनालय' जाने लगा था। बाज़ार मेरा दुश्मन हो गया था। बेईमानी, जमाखोरी, मुनाफ़ाख़ोरी जैसी चालबाज़ियाँ मैं समझने लगा था। वाणिज्य, अर्थशास्त्र के शिक्षक महाविद्यालय से निकाल दिये गए थे।

[*पहल*, 1975]